爆走小児科医の

人生雑記帳

JINSEI ZA

大宜見義夫

Ogimi Yoshio

幻冬舎
MC

シルクロード走行時のイランの砂漠にて　1974年４月６日

目次

第一章　小児科外来点描

第二章　ター坊物語

第三章　迷走と模索の自分史

第六章　テーマエッセイ

第一章

小児科外来点描

「あっ、仮面ライダーだ！」

　診察室での幼児とのやりとりは、小児科医にとって楽しみのひとつだ。診察室に入るなり、胸部レントゲン写真を見て、「あっ、仮面ライダーだ！」と金切り声をあげる子がいる。診察室に入るや否や、「注射するな！」と一喝する子もいる。ベソをかきながら診察室に入り、「ボク、泣かない」と自分に言い聞かせる子もいれば、受付と間違えて、千円札を渡そうとする子もいる。

　口を開けさせると、ベロが盛り上がり、のどの奥が見えない。舌をベーと出させると、今度は口が閉じてしまう。からかい半分に気をつけの号令をかけると、下半身はピシャリと決まるが、上半身はぐらぐら揺らいでいる。頭に赤いリボンをのせたおしゃまな女の子が、さようならのお辞儀をしたら、スカートの下から、おむつがのぞいていた。

　幼児と交わす会話も楽しい。

「どんな咳？　コンコンしてごらん」。言葉どおりに「コンコン」。

　別の子に「どんな咳？」と聞いたら、「一番」と答えた。咳を幼稚園の席の順番と間違えたらしい。

「リンダね、足痛いの……」

「えっ、どこの足？」

父親曰く「この子、ぬいぐるみ人形の話をしているんです」。

両腕にプロミスリングをつけた五歳の女の子が父親に連れられてきた。

「これ何なの？」

「お願いするの」

「どんなお願い？」

「早く妹が生まれますように……」

「じゃ、お父さんにもお願いしなくてはね」

「ウン」

父親、うしろでしきりに頭をかいている。


「大きくなったら、神様になる」

「大きくなったら何になりたい？」の質問にも天衣無縫な答えが返ってくる。「大きくなったら、何になりたい？」と聞くと、たいていの男の子は「仮面ライダーアギト」「ウルトラマンコスモス」「ガオレンジャー」「琉神マブヤー」「妖怪ウォッチ」な

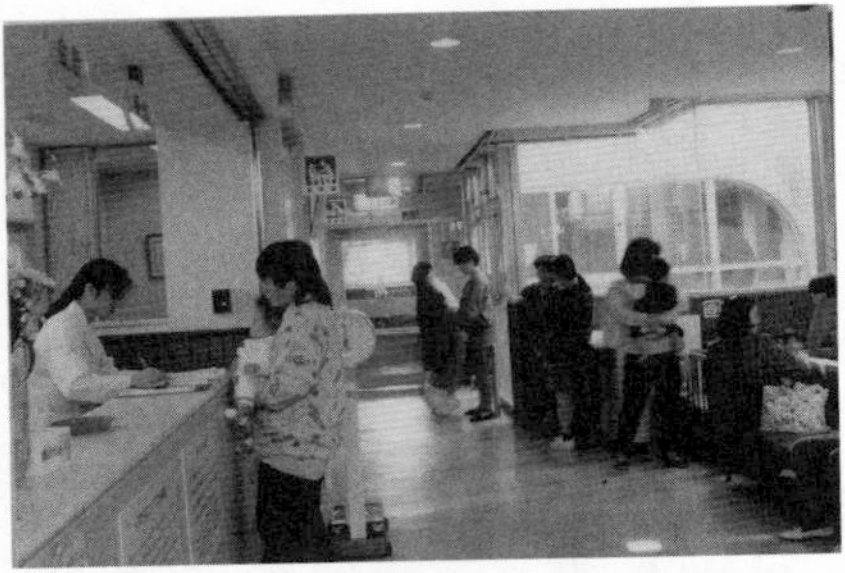

クリニックの
外来待合室

クリニック道場で
遊ぶ入院中の
ぜんそくの子どもたち

ぜんそく教室の
子どもたち

どを挙げる。年長児になると「消防車」「パトカー」「パワーシャベルのおじさん」などと現実的になる。

女の子は「お花屋さん」「ケーキ屋さん」「どれみちゃん」「セーラームーン」が定番だったが、最近では「ネイリスト（マニキュアリスト）」とか「プリキュア」「プリンセス」などと言う子が出てきた。

中には奇抜な返事をする子もいる。

「大きくなったら、何になりたい？」

「神様……」

うしろから母親曰く「この子、神様は、死なないと思っているんです」。

別の三歳の男の子に「大きくなったら、何になりたい？」と聞くと、指を四本出した。母親曰く「四歳になると言っています」。

「じゃ、もっと大きくなったら」

「怪獣……」

母親「何でもパクパク食べれるからと思っているんです」

子どもたちの胸に聴診器を当てながら、彼ら、彼女らと交わす会話は楽しい。

赤ちゃんを泣かさないコツ

小児科医は赤ちゃんに泣かれると診察がお手上げになる。腕の見せ所は、いかに子どもを泣かさずに聴診を終えるかにある。三、四か月のベビーは診察の際、ジーッとこちらを見つめ、指はしっかり母親の服を掴み、緊張した面持ちだ。「この、目の前の人物は何者だ、敵か味方か、泣くか、泣くまいか」と迷っているのだ。そんな中、ベビーは、抱いている母親の顔をちらっと見て判断する。母親の緊張具合、声の調子、表情などを介して目の前の人物が「敵か味方か」を判断し、「泣くか、泣くまいか」を決めるのである。

それ故に、赤ちゃんを泣かさないコツは、笑顔を浮かべ母親と向き合い、安心させ、リラックスさせ、笑顔を引き出すことにある。

若いときに苦労した方が得

カゼばかりひいて入退院を繰り返し、心労からつい弱音を吐く母親も少なくない。そんな母親にはこんなフォローをする。

「お母さん、今は大変だけど、若く体力のあるうちに苦労した方が後が楽になります。寝ずの番で看病しているうちに、赤ちゃんの気持ちが泣き声や仕草から分かるようになり、親子の関係がツーカーになります。そこから本物の親子のしっかりした関係が生まれます。もし、苦労せず楽して育ち、ツーカーの関係ができないままだったら、その代償が後になって出ないとも限らない。人生は公平、苦労は必ず報われます。それにカゼばかりひいていた子も、三歳過ぎると、丈夫になりめったにカゼをひかなくなります。もうひとふんばり頑張りましょう……」

インフォームド・コンセントとは言うけれど……

一口にインフォームド・コンセント（医療側の十分な説明と患者側の同意と納得）と言うけれど、患者サイドに真意を伝えるのは難しい。なぜなら、患者自体が「何を知らず、何を知りたいのか」がわからないからだ。

気管支喘息の患者さんに噴霧式の吸入薬について丁寧に説明し指導したつもりなのに、翌日、親御さんから、「吸入薬を使ったがスプレーが出ませんでした。全然効きません……」と苦情を言われた。使い方を確認すると、吸入薬を上下逆さまに使用していた。

若い母親から、赤ちゃんがどうしても薬を飲んでくれないとの相談を受けた。話をよく聞くと、薬は、食後に与えるものと思い込み、授乳後に満腹状態になった赤ちゃんに薬をムリヤリ飲ませようとしていた。

患者さんに病気や薬の説明をし、患者サイドから「ハイ、わかりました」と言われると、つい安心してしまいがちだが、患者さんが何を勘違いし、どんな思い込みをしているかがわからないといきちがいが起こる。そういう場合、初診時に薬は短めに出して、次回の受診日を早め、患者サイドのどこに思い込みや勘違いがあるのかをさぐり当てることにしている。

注射恐怖の坊や

受診の度に大泣きする二歳半の坊やを連れて母親が相談に来た。四か月前、肺炎で入院した際、点滴の処置で母親から引き離されパニック状態になったことから、入院中もずっと大泣きしていたという。それ以後も、カゼなどで受診する度に、大泣きを繰り返した。入院中の恐怖が心の傷になっているのかもしれないと母親は心配していた。

おそらく、入院時の点滴処置の際、暴れて大泣きするため担当の職員から「お母さん、泣いて困るので外で待っていて下さい」と言われ室外に移された。母親が突然いなくなるという、その時の不安や恐怖がよみがえるのであろう。

不安がる母親に次のように説明した。「血管が細く脱水がひどい小さい子に点滴する場合、ナースや医師はかなりの精神力や集中力を必要とします。そんな時、後ろで肉親の思い詰めた眼差しや息づかいを感じると集中力を発揮できなくなります。ですから、親御さんを遠ざけて精神を集中して一回で点滴を済まそうとするのです。そういう時は、点滴処置が終わった段階で、親御さんから『恐かったでしょう。ごめんね。お母さんもそばにいたかったけど、そうするとお母さんもつらくなるのでちょっと離れていたの。でも注射我慢できてよかったね。もう大丈夫よ』と安心した口調で言い、しっかり抱きしめましょう」「でも、二歳の子にそんなこと通じますか?」「言葉が通じなくてもいいのです。お母さんの安心した表情や仕草から言葉の真意が伝わり、点滴が病気をよくするためにやるものだということがやがて分かってくるはずです。お子さんに、『お母さんはそばにいてあげたかったけど、処置が早く終わるように少し離れていたの。そばにつけなくてごめんね』と伝え、『注射は恐かったけど、注射のおかげでよくなったのよ。よかったね』と治療行為を肯定的に伝えて安心させましょう。大事なことは、何か思い詰めた不安な表情でお子さんを見ないことです。自信に満ちた安心した態度と笑顔でお子さんと向き合えばいいのです」。

それから四か月後、脱水のため救急診療所を受診した際、再び点滴が必要になった。母親は点滴の前に本人に点滴の必要性を伝え、それを早く終えるために母親は隣の部屋で待っていることを、笑顔を交えて話したところ、泣きはしたものの前のような大泣きにはならなかったという。インフォームド・コンセントは母子間でも成り立つのだ。

ツッパリたちの庭

いつの頃からか、園医をしている幼稚園の庭が、ツッパリ中学生たちのたまり場となり、朝になるとタバコの吸いガラやビール、ジュースのあき缶が散乱するようになった。

ある朝、現場をおさえた園長が強く注意したが、効果はなかった。困った園長は学校側に対処を要請したが、校長は困った口調で「タバコは吸ってはいますが、根はやさしい子達なんですけどねー」と頼りげない返事をした。

園長は、「どうせ言ってもきかないのだから、私たちがイヤな顔をせず、セッセと掃除していれば、そのうちわかってくれるかも」と方針を変え、職員が交代で毎日掃除をすることとなった。

やがて、職員とツッパリたちとの間で会話が生まれた。「どうせヒマなら、屋根の木の葉を落としてくれない？」と、職員が頼んだら、彼らは素直に屋根に上った。それを契機に、ツッパリたちは園の仕事を手伝うようになった。その中の一人は、金魚鉢を持ってきて、金魚の世話を始めた。

ある朝、金魚鉢の少年が「明日は中体連があるから、制服を着て応援に行く」と言い、いつになく目を輝かせていた。ところが翌夕、職員が帰る仕度をしていると、その子が肩を落としてやってきた。職員は一瞬「困ったなあ」と思った。そのまま話し込むと、二、三時間は帰宅が遅れるからだ。しかし、彼女は覚悟を決め、腰をおろした。わけをきくと、少年らは久しぶりに制服を着て登校したら、「お前達が来ると、けんかになる」と言われ、帰されたのだという。それから数日、園庭のタバコの吸いガラが一気に増えた。その時初めて、職員らは、タバコの吸いガラの量が少年達の心のすさみを反映していることを知った。

最近、学校へ行く回数が増え、タバコの吸いガラが減ってきているという。幼稚園のスタッフは、少年らと言葉をかわし、園の仕事を手伝ってもらいながら、タバコの吸いガラのなくなる日を焦らず待っている。

ランドセル

二〇一一年三月十一日に起きた東日本大震災は言語に絶する大災害であった。大地震、大津波、大火災、原発事故という悲惨な状況が次々と起こり、今なお、多くの人たちが苦渋に満ちた生活を強いられている。

大震災を報ずる当時の海外メディアは、家を失い、家族を失い、財産を失いながらも冷静さを失わない東北の人たちの姿を驚嘆を持って報じた。「混乱の中 避難所で秩序と礼節の日本人―悲劇に直面しながら冷静さと秩序、静かな勇敢さ―」（ニューヨークタイムズ2011・3・26）。「中国記者『反日消えた』」という見出しで、日本人が大混乱の中で秩序を守り、堪え忍ぶ姿を称賛する中国の記事もあった（共同通信2011・4・22）。「略奪一件もない」と称賛するロシア紙もあった（共同通信2011・3・14）。

東北の人たちが見せた節度ある行動は、外国人のみならず、日本人としての自覚と誇りを呼び覚ますものでもあった。地震の後、全国一斉に繰り広げられた救援活動や募金運動、節電協力は日本人としての一体感や連帯感に根ざしたものであろう。

景気低迷、円高不況、若者の就職氷河期など日本経済が停滞する中、肉親の愛情を逆手に老人をだまして金を奪うオレオレ詐欺なる犯罪がはびこる世相となり、日本人の品性の劣化を嘆かざるを得ない状況にあった。オレオレ詐欺で逮捕された若い詐欺犯を見るにつけ、この人たちは祖父母の温かい愛情を受けずに育ったのではないか、沖縄のように老人への愛着の強い地域でもこの種の罪を犯す若者が増えているのだろうか、と思いをめぐらすとやりきれなくなった。

しかし、二〇一〇年末より、児童相談所にランドセルを匿名で送り届けるタイガーマスク現象と呼ばれる慈善運動が始まり、その数はやがて全国的に拡大し千件を超えたという。こういう慈善運動は、度重なる国難の中にあって内向きになった日本人がもう一度、自分を見直し、互いに支え合おうという意識の芽生えとは言えないだろうか。

このたびの東日本大震災において琉球大学医学部小児科の金城紀子先生の支援活動は素早かった。

二〇一一年三月二十六日、金城先生は現地のボランティア団体と連携して、被災地の子どもたちへ絵本やおもちゃを送るため、メーリングリストを通して沖縄県小児科医会の仲間に協力を要請、支援物資の集配に奔走した。さらに四月二十一日の被災地の小学校の入学式にあわせて、新品のランドセルを贈るための募金運動を展開し、多くの小児科医の協力を得て四十名の新入生の入学式に間に合わせることができた。

ランドセルは子どもたちの夢を叶える贈り物であるとともに、日本人どうしの連帯感を象徴するもののように思えた。

大震災の年に行われた第25回全国短歌フォーラム（2011・10・2）の優秀作品の中に悲しいランドセルの歌があった。

ランドセル背負いし遺体
抱きかかえ
泥にひざまずく
自衛隊員
（長野県塩尻市　中澤榮治）

我々は、大震災の教訓を忘れてはならない。

漢方薬で治る不登校の子もいる

「頭がボーッとする」「手足がほてって眠れない」「足腰が冷える」「胸がつかえて苦しい」などと訴えるケースに出会うと、西洋医学的にどう対処すべきか困ることが多い。そういう分野ではむしろ東洋医学（漢方治療）の方が威力を発揮する。

西洋医学では病因を一元的にとらえ、症状や訴えはその反映ととらえるから、訴えが複雑で多岐にわたると、病因をしぼり切れず、対処に苦慮する。

　東洋医学では病気を体全体のひずみととらえ、個々の症状をひずみの反映ととらえるから、症状や訴えは多様な方が治療の的をしぼりやすい。そのため、患者の訴えや症状をくわしく聞きだすことが必要で、患者自身が自覚していない症状や訴えまでも上手に引きだして、治療の方向性をさぐる。

　患者の訴えを丁寧に聞き、そこから治療法を模索する医学の分野に心身医学がある。心身医学では、症状や訴えを心の悲鳴ととらえ、症状の背後にある心理的背景をさぐり、それをいかに解決するかに治療の力点がおかれる。これらのケースの中で、登校前になると、嘔気や頭痛や腹痛などの身体症状を強く訴える場合、漢方治療が劇的に奏効することがある。

　不登校を疑われ、当院を受診した小中高生は過去三年間で二百二十一人いたが、その中の二十五例（11・3％）は心理治療を行わず、漢方治療だけで、元気になり登校を開始した。二十五人のうち八人は漢方薬服用の翌日より、登校を再開した。十二人は一～二週間以内に再登校した。

　これらのケースの多くは、これまでいろいろな検査やカウンセリングや薬物治療を受けてきたがよくならなかったものだ。心理治療を行わず、漢方薬だけでよくなるケースをはたして心因関与の不登校といってよいかどうかは別として、不登校を思わせるケースの中に漢方治療が奏効するケースがあることは事実である。

西洋医学と東洋医学は相反し対立するものではない。両者の違いを認識し、その持ち味を活かして、互いに連携し合えば、医療の質はさらに向上するはずである。

おおぎみクリニックの二十三年 ―ABCものがたり―

私が西原町の高台におおぎみクリニックを開設したのはバブル最盛期の一九八七年であった。小児の心身医療や漢方治療をメインにやろうと意気込んでの開設だった。

クリニックは、西原町坂田ハイツの高台の急斜面に五本の巨大な杭を並列して打ち込み、それを基盤に斜面に居座る形で三階建ての建物をつくった。屋上部分を駐車場とするユニークなものだった。遠くから見ると豪奢な建物に見えるらしく開院当初、若いアベックからよくラブホテルと間違われた。

銀行から大金を借りる際、金額が高すぎること、バス停から数百メートルも離れた高台にあるという地理条件がネックとなり銀行トップの人たちの審査に時間がかかり、部屋の一角で長く待たされた。そこへ、部屋の奥から秘書らしき女性が本を抱えて現れ「大宜見先生ですか」と言うので「そうです」と答えると、拙著「こどもたちのカルテ」を差し出し、サインを乞うた。そのことがきっかけでトップの人たちの態度が変わり、貸し出しOKとなったのだった。

いざ開業してみると、経営は火の車だった。理由は、バブル最盛期で金利が8・5%と極めて高率だったこと。二つ目は、バス停の通りからかけ離れた不便な高台にあったこと。そしてもう一つの理由は、不登校など心身医療をメインとした診療科目を掲げたことから予約患者は殺到したものの、普通の診療科とは違い診療に時間がかかり、経過が長く、患者の回転が悪いことだった。それに心身医療をサポートするには心理士など多くのスタッフを要し人件費もかさんだ。

開院に際して、クリニックのシンボルマークを図案化し、熱い思いを込めてABCの文字をロゴマークとして採用した。Aはアドベンチャー（Adventure：冒険）、Bはブリリアンシー（Brilliancy：きらめき・ひらめき）、Cはキュリオシティー（Curiosity：好奇心）で自分の心情を吐露したものだった。冒険・ひらめき・好奇心。この三者に共通するものが「わくわく感」だった。

しかし、いざ開業すると現実は厳しく、ロ

おおぎみクリニックのロゴマーク

クリニック全館遠景

ゴマークのABCは勢いを失い、赤字・貧乏・クリニックのA・B・Cになりかねなくなった。開設前、クリニック構想について商学部教授をしている旧友に相談したところ、冗談めかしに「それは止めた方がいい……。アホ・バカ・クレージーのABCになっちまうぞ！」と言われたことが頭をかすめた。

厳しい経営状況の中、頼りになったのは隣地に調剤薬局を開設した薬剤師の松田進だった。松田とは県立南部病院時代に出会い、クリニックの事務長代理として無償で協力を申し出てくれた。業者との金銭面の交渉、建築に関する地元との交渉、銀行との交渉、職員間のトラブルなど一切の面倒を引き受けてくれた。

松田の最初の仕事は、建築に際して地鎮祭を取りしきることだった。理由は私が冒険仲間とサハラ砂漠の旅に出る手はずになっていたからだった。

当初、旅は、勤務していた県立南部病院を早期に退職し、年休消化の形で三週間の旅行計画を立てていたが、年休の活用が不可能となったことから、予定が大幅にずれ込んだのである。

出発を前に、設計士の永山盛孝氏（団設計工房社長）は顔を曇らせ、妻はあきれ、母親は「またか」と嘆いたが、いったん開業すると冒険旅行はできないものと考えて、松田に決意を伝え、地鎮祭の仕切りと不在中の業務の引き継ぎを依頼し、出発した。

クリニックは当初外来・入院の両体制で挑み、ナース、事務職、心理士、給食、掃除婦など総勢十九名の大所帯であった。拙著『子どもたちのカルテ』の宣伝効果もあって、子どもの心身医療に興味のある人材が次々集まった。採用面接も松田と二人で行い、採用、不採用の通知ももっぱら松田が受け持った。

面接を繰り返すうちに、いい人材を見つける方策を編み出した。面接は先入観を排し、事前に顔を合わせず初対面の第一印象を重視した。面接終了後、応募者を外来の事務スタッフらに紹介し、「希望や疑問があったら、スタッフに何でも聞いてください」と応募者に伝えた。そのあと、事務スタッフから応募者の質疑内容を聞き出し、応募者の本音をさぐり適性を判断した。ある応募者は初対面の面接ではすこぶるよくOKと判断したが、事務スタッフから、屋上の駐車場で赤いスポーツカーに乗った派手な格好の彼氏が車内で寝タバコをしているとの情報を耳にして取り消しにしたケースがあった。言っていることよりやっていること、無意識的な言動から本音を読みとる私の心理療法「サイン読み取り法」を活用したものだった。

不登校等をメインとする心理療法だけでは経営維持は困難のため、漢方治療と喘息治療も積極的に取り入れた。当時の子どもの喘息治療は現在治療の主流になっているステロイド剤の吸入療法はまだ浸透しておらず、アレルゲン対策と運動療法が主体だった。私は発作の分析に重きをおき、症状の経過を詳しく聞き、発作の原因に気づかせることで同じ発作を二度と起こさせないという認知的アプローチに重点をおいた。また運動療法の一環として、入院中の喘息の子どもたちを毎朝六時起床、六時半にクリニックの外周を走らせた後、それぞれの学校に向かわせた。

外来診療を終えると、午後六時には子どもらと喘息の勉強会を行い、午後七時には親御さんとのカウンセリング、午後十一時に夜の回診というハードな日課だった。時には、深夜に重い発作を起こした子どものために、寝ずの番で対応することもあった。そんな中で外来のない日は講演会、大学での講義、県教育委員の仕事、各種委員会の業務などに追われた。

学会活動にも力を入れた。小児心身医学会では毎年心理士らと共に演題を発表し、時にはナースにも学会発表のチャンスを与えた。クリニックを留守にするため、入院患者の当番をオンコールという形で親しい医師仲間に依頼して出かけた。北海道での学会から夜遅く帰った矢先に、呼吸停止を起こされ、慌てたこともあった。重篤な喘息発作で呼吸停止をきたし、大病院に救急搬送したケースもあった。

その中で一例だけ悲しいケースがある。七歳の男の子が土曜日の昼前、外来終了直前に咳が止まらないということで祖父と共に来院した。カラ咳だけで元気そうで、喘息を疑わせる所見もなく、胸部レントゲン写真でも異常を認めなかった。祖父によると、ここ数日、夜間の咳が止まらないということで入院を希望した。土曜日の外来終了前だったこと、当時は緊急病院への紹介システムもまだ確立してなかったことから、経過を見るつもりで入院させた。ところが、入院当日の深夜に異変が起きた。夜になってから急に咳込みがひどくなり、吸入や服薬でもよくならない。深夜になって更に悪化し、咳と共に血を吐き出し、のどを押さえて苦しみ始めた。すぐさま救急搬送を決意、消防署へ電話し県立中部病院への搬送を依頼した。

救急車に私とナースが乗り込み、酸素マスクを当てながら出発したが、途中本人が苦しみのあまりマスクを手で払いのけたため、マスクの備品が吹っ飛んでしまった。同時に救急車の酸素も切れてしまった。私は慌てて口から口への呼吸法で急場をしのいだ。県立中部病院ではスタッフらが玄関に待ち構えてくれた。私は口から口への呼吸法で口まわりを血で真っ赤に染めながら申し送りをした。入院三日後、この子は帰らぬ人となった。原因は、縦隔悪性リンパ腫という極めて珍しい悪性のがんだった。今なおお忘れられないケースである。

閉院に至るまでの二十三年間で呼吸停止に近いケースを七例経験したが、そのほかのケースは無事に乗り越えることができた。

二〇〇一年一月二十七日（土）の早朝、トイレの操作やテレビのリモコンスイッチ操作がままならず右指に力が入らないことに気づいた。寝癖の悪さから橈骨神経麻痺をきたしたのではないかと勝手に考え、朝食をすませると、朝のスタッフミーティングに臨んだ。午前中は外来診療、午後は講演会の講師を頼まれていた。右手が不自由のため、カルテの記載をナースにやってもらい、しびれの回復を待つつもりだった。ところがミーティングの最中、薬剤師の松田が突然口を開いた。「先生！　すぐ救急車を呼びましょう！　休診にしてください！」。日頃は温厚な松田の有無を言わさぬ発言だった。

松田は発音の不自然さ、不明瞭さに加え、口角のゆがみに気づき、脳梗塞を疑ったのである。松田の強引な態度に押され、救急車に乗せられ、緊急入院となった。外来休診、講演会の中止要請も松田が取りしきった。幸いにも脳梗塞は早期治療が奏効し、合併症もなく十日後には退院できた。六十二歳の脳梗塞、日頃の不摂生がたたったのだ。当時、沖縄県小児科医会の会長の職を終えたばかりで、ハードな日課が連日続いていた。その年の九月、アメリカで同時多発テロが起きたことから多発テロのニュースが出る度に当時の記憶がよみがえり、自戒の念を深めた。以来、減量・食事・運動の厳しい日課が始まった。

厳しい経営状況の中にありながらも、二〇〇四年から三週間の夏休みをとって、海外への旅に出ることになった。その理由は、私の冒険仲間で一緒にサハラ砂漠を旅した友人の千葉さんがタイの小島で咽頭がんで息を引き取ったからだった。何度も手紙をやりとりしながら診療の関係で見舞いに行けなかったことがきっかけだった。三週間の夏休みを取ることを薬剤師の松田は心配した。長期の休みで患者さんが離れるのではないかという不安のある中、長期の夏休み計画を実行した。四か月前から夏休み休診の案内を出し、丁寧に説明して了解を求めた。当初、困惑した患者さんも数多くいたが、やがて「今度はどこへ行くのですか」と聞いてくれる患者さんも出てくるようになった。

二〇〇七年夏、ニューヨークからロサンゼルスまでのアメリカ大陸六〇〇〇㎞を、ハーレーで十一日間かけて横断する冒険ツアーに参加した。ツアーといっても全国公募で七十歳と六十六歳の老ライダーと六十八歳の私の三人だけのツーリングだった。

応募の二人はハーレー歴十年以上のベテランで、私だけがハーレー歴一年半のへっぴり腰ライダーだった。出発地のニューヨークでツアーの先導者から「予定通りに走行距離をこなすには時速一二〇㎞を目標に走る必要がある」と念を押された。一日平均五百数十㎞を目標として走るので、高速走行が不可欠だというのである。高速走行を求められるもう一つの理由は、スピードの遅い大型トレーラーやトラックのパンクや脱輪による巻き添え事故から逃れるためでもあった。風邪ぎみと時差ぼけで一睡もできないまま、土砂降りのニューヨークの街を雨水で曇る風防を片手でぬぐいながらの出発となった。実は私は出発前から睡眠障害で困っていた。夜、頭を使いすぎて過覚醒・過集中が常態化し、寝つきが悪く眠剤を飲んで対応していたのだ。ハーレーで走行中も、夜の寝不足が午後の睡魔となって現れた。昼食後に猛烈な睡魔に襲われ、左右によろめいて走るので後続の仲間からしばしば警笛による注意を受けた。眠気防止に氷水にひたしたびしょびしょのタオルを頭に被り、ヘルメットで固定し猛暑の荒野を走った。しかし、二時間もしない内にタオルはカラカラに乾き、再び睡魔との闘いが始まった。

ハイウェイ路面には二、三十㎞ごとに大型トレーラーやトラックのパンクや脱輪によるブレーキ痕がついていた。大型車のパンクや脱輪による急停車や蛇行に遭遇したとき、重いハーレーといえどもはね飛ばされる危険があった。「車の流れに沿って高速で走れ、トラックの後につくな、挟み撃ちにあうな、高速で追い越せ」が先導者の口癖だった。実際、そういう危機一髪の場面に遭遇した。コロラド州山間部の下り坂で、カーブを猛スピードで追い越しをかけてきた大型トレーラーが私を追い越す寸前、突如車体を左右に大きく揺らし蛇行しながら減速していった。前輪のバーストだった。危うくはね飛ばされるところだった。先導者の言葉が身にしみた一瞬だった。アメリカ大陸を横断しての一番の感激は、旅の後半、睡魔から解放され、果てしない一直線の道路を来る日も来る日も走り抜ける時の爽快さだった。

しかし、爽快に走り続けるうちに別の思いが頭をよぎった。道がまっすぐということは、かつてそこに住んでいたアメリカ先住民の人たちが無慈悲に土地を追われ、生活の場を奪われ、抵抗する者は殺され、犠牲を強いられてきた結果ではないのか、この延々と続く一直線の道路は、かつてインディアンと呼ばれたアメリカ先住民たちの怒りや悲しみが込められた怨念の道ではないのか、そんな思いに駆られながら西へ西へと走り続けた。

バイクツアーを終えた二〇〇七年の秋は、クリニックの一大転機が待ち受けていた。学会開催とクリニックの閉院という二つの難題に直面していたからだ。翌二〇〇八年十月末に沖縄で開かれる日本小児心身医学会を大会長として成功させねばならないと同時に、経営危機でいつ閉院するかという判断を迫られていたのである。厳しい経営環境の中で、妻は日々の外来収入の金銭管理や勤務表をにらんでの給与計算などの仕事を長年やり、疲労困憊していた。その妻が給与計算のミスをきっかけに閉院を強く迫るようになった。それでものらりくらりと聞き流していた。そこへ銀行員をしている長男から電話が入り、「お父さん、うちはどうして貧乏なの?」と言われた。「お父さんはお金より学問の道を選んだ……」と負け惜しみで答えたものの、仕事柄いろいろ医療機関の経営状況を知る長男からの一言がとどめの一撃となった。私は薬剤師の松田と相談して一年半後の閉院を決意した。

年が明けて二〇〇八年閉院を決意する中、秋の学会開催が刻々と迫っていた。職員は学術大会を前に受付、会計、案内、記録、タイマー係、接遇などの役割分担を引き受け張り切っていた。前年の秋、観光旅行をかねて北海道で開かれた同じ学会に職員一同を連れて行き、学会運営のノウハウを学び、一年かけて準備を重ねていたからだ。そういう職員に閉院をいつ、どういう風に切り出すか、決断を迫られた。早めに伝えると、気落ちして早期の就職活動を意識して離職し、閉院を逆に早めることにはならないか……。かといって、ギリギリまで黙っていればだました形になり、再就職にも支障をきたすかもしれない。

結局、たとえ早期離職者が出るにしても正直に伝えた方がいいと決断し、学会開催一か月半前の朝のミーティングで一年半後の閉院予定を告げた。スタッフ一同、水を打ったように静まりかえったが、辞めるという人は一人もおらず、学会も成功裡に終えることができた。学会を直前に控えた大事な時期に、なぜ閉院時期を公表したかについても理由があった。閉院を秘密にしたまま学会準備に奔走させられたと思われたくなかったからだ。結果的にそれでよかったように思う。翌年の秋の日本小児東洋医学会沖縄大会（小児科医の漢方医学会）も、閉院半年前でありながらスタッフ全員が協力し無事済ませることができた。以後、待合室の掲示板に閉院を告知。患者さんの転医先への紹介状を出すようにした。

二〇一〇年三月、閉院最後の月を迎えたときは多忙を極めた。閉院と知って多くの患者さんが訪れ、患者さんへの説明と紹介状の作成を診療の合間にやった。閉院後の職員たちの転出先の模索、クリニックの売買交渉、自宅の移転先となる首里末吉の新築造成などを同時並行ですすめた。それに五月には、小児心身医学会の専門医試験も待ち受けていた。

そんな中三月半ば、突然、左耳の難聴が起きた。経過から見てストレス性の突発性難聴が考えられ、即入院治療が必要なことはわかってはいたものの放置せざるを得なかった。以来、左耳の補聴器装着が不可避となった。

最後の日まで、職員達は懸命に働いてくれた。あるナースは、夫が転勤になってからも、わずかな通勤手当で四年もの間六〇㎞以上も離れた名護から通ってくれた。

五人の心理士の果たした役割も大きかった。発達障害が大きな社会問題となる前から、心理士らは発達障害に積極的に取り組んだことで、私自身、発達障害と向き合う機会に恵まれた。

閉院から十一年（二〇二一年春、現在）、私は今、浦添市の医療機関で発達障害の患者さんらを中心に診療させてもらっている。

閉院危機の迫る中、冒険バイクツアーに応募してアホ・バカ・クレージーのＡＢＣで突っ走る院長を見限ることもなく、最後までついてきてくれた職員一同に感謝する。

第二章　ター坊物語

三歳児の心の儀式

三歳になったばかりの孫のター坊が、一か月前から就床前に妙なことをやり始めた。布団の上のタオルケットを二つ折りにする際、その両端が揃わないと気になるらしく、ぎこちない手つきで端合わせを黙々とやり始めたのである。

この奇妙な行動が一時間以上も続くので、母親が割って入り、タオルケットをたたみ直して「ハイ、これでおしまい、もう大丈夫！　ネンネしましょう」と言っても納得せず、無理に止めさせようとすると泣きだす始末である。

タオルケットの端合わせにこだわる仕草は強迫行動のようにも見えた。強迫行動とは不潔恐怖に由来し、何度も手洗いを繰り返す手洗い強迫、過失への不安から鍵やガス栓を何度も閉め直す確認強迫などがある。漠とした不安を整理して気持ちをスッキリさせようと同じ行動を繰り返す神経症的行動である。

孫の、この不思議な行動の背景について、母親にいろいろ聞いてみた。これまで母子二人で登園していたが同年の姪っ子が登園に加わり、園でも新入りの姪っ子の方に目がいき、ター坊は何だか淋しげだったという。その頃から母親に甘える仕草を見せ、

「ママ、ター坊好き?」「アーちゃん（姪っ子）とター坊どっち好き?」「パパとター坊どっち好き?」と聞くようになった。母親は「どっちも大好きよ」と答えていた。

ター坊はパパも大好きだ。休日はいっぱい遊んでくれるのでいつもパパの帰りを待ちわびていた。そのター坊の奇妙な行動が、ある日を境にピタリと止んだ。その日、ター坊が再び母親に「パパとター坊どっち好き?」と聞いてきた。母親が「これ内緒よ、絶対内緒よ。本当はね、パパよりター坊が好き……。パパには内緒よ」と大げさに伝え、ギューと抱きしめた。すると、その夜からタオルケットの端合わせをやらなくなったのである。

あのタオルケットの端合わせは何だったろうか……。もしや、あれは、父親に対する愛着と嫉妬が絡みあう葛藤ではなかったか。いわゆるエディプスコンプレックスだ。エディプスコンプレックスとはフロイトが精神分析論で唱えた概念で、幼少期の男の子が母親に性愛感情を抱き、父親に嫉妬する無意識の葛藤感情のことだ。ギリシャ悲劇に登場するエディプス王にちなんで名付けられた。

大好きなパパが恋仇でもあるという相反する感情に戸惑い、それを整理解消しようとタオルケットの端合わせを行ったのではないか……。だとすれば、あれは、三歳児が行った心の儀式ではなかったか。

これまで、一人っ子のター坊は母親を独占し、安住していた。そこへ姪っ子が登場して嫉妬感情に火がつき、それがパパへの嫉妬となって飛び火した……と考えると理解できる。

母親から「パパよりも好きよ」という内緒の確約を得てター坊は、今、元気に飛び回っている。

※「飛び込んだら許してくれますか」（P72）の釧路川のベビーはター坊のパパです。

ター坊のフラッシュバック

三歳のター坊が突然登園をしぶりだした。当初、「ポンポン イタイ　アチタ イク(明日行く)」と言っていたが、とうとう行けなくなった。

そのくせ、家では食欲モリモリ、うんちバンバン、いとこらと元気にはしゃぎ回って遊んでいる。それなのに登園をしぶり、なだめすかして連れて行っても玄関の前でふんばり立ち、中へ入ろうとしない。

母親が担任の先生にいろいろ聞いてみたが心当たりがなく、担任自身も困惑していた。そこで、登園をしぶりだした日の前日に何かなかったか、もう一度、担任に相談したところ、こんな出来事があった。当日、担任は原爆投下の悲惨さを伝える『まちんと』という名の絵本の読み聞かせをしていた。原爆投下の場面を朗読しているとき、偶然にもオスプレイが轟音を立てて上空を通過、子どもたちは悲鳴を上げ耳をふさいだ。その翌日から、ター坊は登園をしぶりだしたのである。

登園をしぶるター坊を前に母親はやむなく仕事を休み、ター坊と向き合った。観察していると、ター坊はいとこらと元気に遊んでいながらも時々思い出したように母親のそばに駆け寄り、「ママ、トコニモイカンデヨ」と言ったりした。

母親には、思い当たることがあった。五か月前、母親が突然重度の扁桃周囲炎に罹患、県立中部病院耳鼻科に一週間入院した時のことだ。そのときは、ター坊を実家の祖母にあずかってもらったが、母親のことはすっかり忘れたように、いとこらと元気にはしゃぎ回っていた。退院後、母親が急いで駆けつけてもター坊はケロリとしていたので母親はすっかり安心していた。

それから五か月、母親の不在体験をすっかり忘れていたはずのター坊が、保育園での読み聞かせの時間に、戦争、死、爆音という不穏な出来事が偶然重なったことで封印されていた記憶がよみがえって不安が顕在化し、分離不安状態を引き起こしたのではないか……。一種のフラッシュバックのようなものではないか……、と考えた。

フラッシュバックとは精神科領域の用語で、強いトラウマ体験（心的外傷体験）を受けた後、その記憶が何かのきっかけでよみがえり、強い不安やパニック状態に陥る心理現象だ。

母親にフラッシュバックの可能性について伝え、ター坊と向き合わせた。

「ター坊、覚えている？　ママ、病気で入院して帰れなかったこと……、あのとき何も言わなくてごめんね、次からはきちんと言うからね。もう、いなくなることはないから大丈夫よ」

「ママ、サミチカッタ？」

「さみしかったよ、とっても……」

「ターもサミチカッタ……」

その翌日からター坊は元気に登園を再開した。

一夜にしてスーパーマンに変身したター坊

五歳になったター坊は四月から午前中は幼稚園に行き、午後は同じ施設内のあずかり保育園に通うことになった。当初は張り切って保育園に通っていたものの、次第に足取りが重くなった。五月半ばになるとオシッコをちびるようになり、時々うんちも漏らすようになった。

年少組の先生は優しく、仲間から意地悪されることもない。困ったママは職場から休暇をもらい、ママ同伴の保育園通園が始まった。

休日はまったく元気なので保育園に何か原因があることは確かだが、原因はわからない。あえて原因を探れば、年長組にすごく元気でやんちゃな子がいて、ター坊はその子に対してはいつも怯える様子が見られるという。

六月に入ると、オシッコやウンチのお漏らしのほかに、登園前に腹痛を訴え始めた。「ポンポン、いたい（痛い）、ジータン（爺ちゃん）のとこへいく」と、ター坊本人から言いだしたため、ママと二人でわが家を訪れた。ジータンが医者であることを知っているからだ。

「ポンポン見ようか」と私が言うと、自らソファーに寝そべり、着衣をまくりあげてお腹を出した。本人自身、腹痛で困惑しているに違いない仕草だ。しかし、お腹をさわってもストレス腸を思わせる所見はなかった。

診察を終えた後、ママはター坊を残してショッピングに出かけた。ター坊は大好きな祖母と一緒に段ボール箱を切り裂き、剣や車を作って遊んだ。その後、祖母が旅先で購入した焼きエビを取り出し、「これ食べると、大きくなるよ、強い子になれるから食べてごらん」と言った。ター坊はおいしそうに食べた。

まもなくママが帰り、二人は帰宅した。

翌朝、ママから驚きの電話が入った。ター坊が帰宅直後から急に元気になり、今朝も焼きエビを食べた後、「ママ、ター（坊）はつよくなったから、がっこう（保育園）ひとりでいく。ママはかいしゃ（会社）いっていい」と言った。そして、その日からお漏らしも腹痛もなくなり元気に登園を始めたのである。

原因をいろいろ探っていくうちに次のことがわかった。

ター坊は牛乳が大嫌いだった。それなのに、これまで通っていた保育園でも「牛乳を飲まないと大きくなれない」と言われていた。朝の食卓でもパパから「牛乳を飲まないと強くなれないよ、大きくなれないよ」と口癖のように言われていた。その言葉をター坊は「牛乳が飲めない自分は弱い子だ」と裏返しのメッセージとしてとらえていたらしく、まわりの子がみな強く大きく見えていたことがわかった。とりわけ、やんちゃで元気な子の前では怯えていた。

実家で祖母が偶然口にした「エビ食べたら強くなるよ」の一言が、ター坊を奮い立たせ、強い子に仕立てたのだ。戦隊ごっこや変身ものが大好きなター坊は一夜にしてスーパーマンに変身し、登園を再開したのである。幼児とはいえ、自信と誇りが、行動の起点となり得ることを私は知った。

ター坊はよくなった理由を、「ジータンがポンポンみたからよくなった」と勘違いしているフシがある。そのわけは、後日再会した時、「ジータン！」と舌足らずの声を発して駆け寄り、私に抱きついてきたからだ。

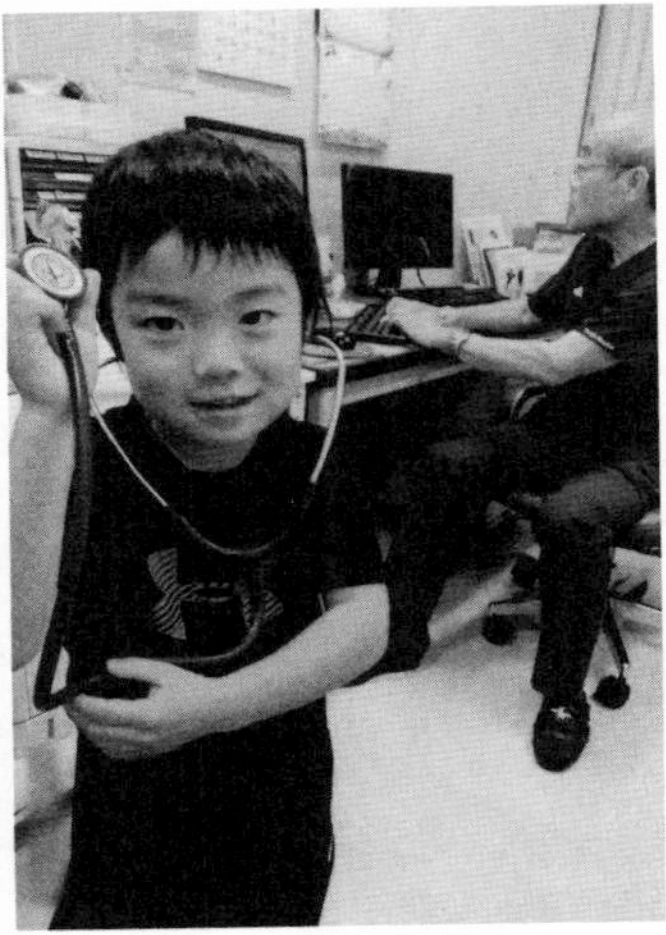

五歳児 ター坊の決断

舌小帯の手術を予定している孫のター坊の病室を訪れると、すやすやと寝入っていた。その姿を見て、手術を知らされてないのではないかと思ったほどだ。

手術に立ち会い、術者の背後から手術台のター坊に軽く手を振ると一瞬笑みを浮かべ、麻酔が効いてそのまま深い眠りに落ちていった。泣き騒がずに平然と手術を受けたター坊には主治医の先生も感心していた。

「すぐ前の子は大泣きして騒ぎ、大変でした。こんなにおとなしい子は珍しいです」

ター坊は発音が不明瞭な構音障害で、幼稚園の先生方も聞きとりに苦労しているようだった。その原因の一つとして舌小帯短縮症の指摘を受け、手術を勧められていた。なぜ、平然としていられたのか不思議でならず、ター坊のママに訳を聞いた。ター坊は、幼稚園のお友だちクララちゃんを「クラタ」、ユーシン君もユーチンと呼んでいたが、最近になりクララちゃんはター坊の呼びかけに応じなくなった。どうやら「クラタ」というあだ名を付けられたと勘違いしているらしい。

ター坊はクララちゃんのそっけない態度に困惑し、ママに相談した。ママはこう説明した。「ターちゃんはね、ベロの下が強くくっついて、お話が上手にできないわけ。だから『クララちゃん』とうまく言えないの。わざとではないから、クララちゃんに謝った方がいいと思うよ」

数日後、ショッピングセンターで偶然クララちゃん母子の姿を見かけると、「あやまる……」と駆け出した。「クラタタン、ベロが動かないから、クラタと言えなくてゴメンね。言えるようにガンバルから……」。クララちゃんは「いいよ、わかった」と応えた。

その夜、ママはター坊に話しかけた。

「お医者さんがね、ベロの下をちょっと切るだけでお話が上手になるんだって……。でも手術すると痛いかもね。痛いけど我慢するか、痛いのがいやだからそのままにするか、どっちを選んでもいいからターちゃんが決めて」

「……」

「急がなくてもいいから考えてね」

「やる……」

「えっ！　どうして？」

「クラタと約束したから……」

自らの意志で手術を決意する覚悟と、クララちゃんとの約束を守らんとするけなげさが五歳の子に芽生えていることに正直驚いた。孫自慢と言われようが「あっぱれ！」とほめてやりたい。

抜糸の日を迎えた時、驚くべき変化が起きた。これまで食事に一時間以上かかったター坊が、ママやパパと同じペースで食べられるようになったのだ。とりわけ肉が苦手でなかなか飲み込めず、ついには吐き出していたのが一気に食べられるようになり、大嫌いだったお肉が「好きになった」のだ。小児科医なのに舌小帯短縮症が食事のスピードや好き嫌いとこうも関係していようとは思いもしなかった。

ター坊は今、「クララ」とはっきり言えるようになり、楽しい幼稚園生活を送っている。

第三章　迷走と模索の自分史

五歳児の抗弁

小児科医の大先輩で、二〇一七年にお亡くなりになった長田紀春先生（那覇市松尾の長田小児科院長）の哀悼文を書かせて頂いた。長田先生と亡父の戦争中の関係を耳にしたことがあり、沖縄県警にいた父のことを振り返るうちにハッと気づいたことがある。

一九四四年十月十日の、いわゆる那覇市十十空襲を私は覚えている。その日の朝、那覇市前島の自宅で、当時五歳の私は父と祖母の三人で朝食をとっていた。屋外のただならぬ声に、気づいて外に出ると、はるか上空で蚊のようにしか見えない日米両軍機が空中戦を演じていた。

空襲後まもなく、父から九州へ疎開していた母や弟妹達のいる所へ行く話があった。父が「お船で、お母さんの所へ行こうか」と尋ねてきた時、私は即座に「船で行くと魚に食われるからイヤ！」と口を尖らせてはっきり言ったことを覚えている。また、別の日にも同じことを聞かれ「イヤだ」と答えた。

なぜ、五歳の私がはっきりノーと言えたのか。私には長年、不思議でならなかった。

十十空襲後、空爆を免れたわが家に警察幹部数名が時おり訪れ、応接間で何やら話し合っていた。議論の白熱する中、五歳の私は、モノサシを鉄砲代わりに肩に担ぎ、「鉄砲担いだ兵隊さん、足並み揃えて歩いている♪」と、こども向け軍歌を歌いながら幹部達の席のまわりをぐるぐる回っていた。

想像だが、幹部たちが対馬丸沈没など疎開船への米潜水艦による魚雷攻撃などの極秘情報を話しあっていたとすれば、テーブルのまわりを歩く五歳の私ですら話の内容は皆目わからなくとも、「船は危ないぞ!」という空気だけは読み取ったのではないか……。

父は、戦況の思わしくない中、我が子を疎開船に乗せることにためらいがあり、五歳の私に敢えて「船で行くか」と二度も問うたのかもしれない。我が子の思わぬ反応にただならぬものを感じたのか、父は親友の宮城兵曹長（沖縄戦末期、轟の壕の数百人を救出した人物、戦後沖映社長となった宮城嗣吉氏。空手の達人で、私は「海軍のおじさん」と呼んでいた）に相談した。そのはからいで福岡雁ノ巣飛行場行きの海軍機（海軍の零式輸送機）に便乗させてもらえた。父は小禄飛行場でタラップを上がる私に手を振って見送っていた。それが、父の最後の姿となった。

沖縄戦の最中、父は知事や警察部長の直属の部下として行動した。沖縄戦終結の五日前、特命を受け、父は同僚と共に南部戦線の敵中突破を計ったものの迫撃砲弾を浴びて倒れた。享年三十四歳。

戦後五年目、父の遺骨を移葬するため、九歳の私と母は、宮城嗣吉社長の案内で埋葬地へ向かった。掘り起こされた遺骨の歯型から父であることを確認した母は泥まみれの頭骨を抱いて号泣した。

死後三十数年がたち、私は父の終焉の地と隣接する県立南部病院で小児科医として働いていた。

初めてのお使い

何年か前から幼児が一人でお使いに行く「はじめてのおつかい」というテレビ番組が時おり放映される。番組スタッフや近所の人たちがこっそり見守り、お使いに挑戦する子どもを軽快な主題歌に乗せて追跡する番組である。

私の初めてのお使いは小学三年、九歳の時（昭和二十三年）であった。那覇から石川の市役所まで行き、持参の書類に捺印してもらうことであった。

戦後間もなく、疎開先の宮崎から石川の町に移住し、そこから再び那覇に引っ越したため、何らかの書類上の手続きが必要となった。母が亡くなった今、その詳細については不明だ。四人の子を抱えた戦争未亡人の母は多忙で休みがとれず、長男の私がお使い役を担うことになった。

お使いと言っても定期バスなどなく、移動は〝ひろい車〟と称するヒッチハイクが唯一の移動手段であった。街角に立ち、トラックが来ると手を上げ、行き先を告げ、後部の荷台に乗せてもらうのである。夜明けと共に、母は書類を私の腹巻きに挟み込み、Ｂ円紙幣を何枚か渡して見送った。大人に交じって街角に立ち、停まってくれたトラックに行き先を告げた。運転手は、途中まで乗せるから石川行きのトラックに乗り換えろと伝えた上で、荷台に乗せてくれた。未舗装で埃がもうもうと舞う凸凹道を前後左右に跳ね飛ばされながら荷台に必死にしがみついた。途中で三回〝ひろい車〟をして数時間かけて石川の町にたどり着いた。到着後、すぐには市役所に行かず、女たちが道ばたにザルを並べて商売している市場《まちぐゎー》に立ち寄った。目星の菓子や飴は探しても見つからず、やむなくたくわんと芋を買って、頬張りながら市役所へ向かった。途中、わざわざ腹巻きを開けて中身を確認したのがいけなかった。仕舞い方が悪く、書類を落としてしまったのだ。市役所にたどり着いて紛失に気づいた。べそをかいて引っ返し、オロオロしていると市場のそばの写真屋のおじさんが顔を出し、「どうしたの、坊や」と言うので訳を話すと書類を保管してくれていた。午後遅くたどり着いた市役所で、事情を知った担当の女性はえらく感心してキャラメルを山盛りにした小皿を差し出してくれた。見たこともないキャラメルに釘付けになりながらも手は動かなかった。母からいつも「あんたは食いしん坊だから、何か出されてもすぐ手を出すものではないよ」と口癖のように言われていたからだ。

食べ損なったあのキャラメルの山は、今でもありありと目に浮かんでくる。

戦後の混乱期の沖縄では助け合いのシステムがきちんと機能していたから、こういうお使いが可能だったのかもしれない。

「タマが出たらどうする!」 ──戦後混乱期の悪童時代──

一九九五年は戦後五十年目のふし目を迎えている。

ここ沖縄でも、戦後五十年を振り返る検証がいろいろな形で行われている。

私は戦後の混乱期に小中校時代を送った。当時のクラスの半数近くが親を亡くしていた。我が家も戦争未亡人家庭で、母親は休日なしの仕事に出て、炊事は七歳の妹に任され、水汲みが私の当番であった。みんなひもじくはしていたが、親のいない野放し家庭ゆえに、勝手気ままに遊びほうけた。山野に散らばる小銃弾から火薬を抜き取り、それを地面に撒いて火を這わせたり、不発弾の転がる旧日本軍の防空壕に入っては、トム・ソーヤー気取りで探検ごっこをした。キャタピラを吹き飛ばされた米軍戦車の砲塔内にもぐり込んではしゃいでいると、砲塔が向けられている民家の親父から「タマが出たらどうする!」と怒鳴られたこともあった。

当時隆盛をほこった映画や少年雑誌のヒーローも遊びの対象となった。ターザン映画をみては木に縄をぶら下げ、奇声をあげた。乱歩の怪人二十面相に心酔して少年探偵団を結成し、ドロボーをさがして街中をうろつき、少年窃盗団とまちがわれた。柔道の姿三四郎に憧れ、図書館で「三四郎」という本を借りて読んだら、夏目漱石の作品だったりもした。

クラスの子をいじめて、そこの親父から追い回されたこともあれば、校庭裏で決闘して負け、格好がつかないまま学校を三日間休み、近くの丘にある亀甲墓《かめこうばか》の上に寝そべり、流れる雲を眺めて、不登校の悲哀を噛みしめたこともあった。担任から理不尽な体罰をくらい、くやしい思いをしたこともあれば、体罰を進んで受け、みんなの前でイキがったこともある。

戦災孤児の不良っぽい子に引っ張られて街中を徘徊し、近所のおばさんから「ヨシオちゃん、どうして学校行かないの！」と怒られたこともあった。近所には、学校に行けない戦災孤児が二人いた。互いにケンカでしのぎを削り、ナイフを隠し持ち、それを威圧の道具にして付き合いを強要していた。きっと独りぼっちの寂しさを噛みしめていたに違いない。

今思い返すと、ぞっとする時代を生きてきたように思う。親は貧苦にあえいでいたのに、親がいる子も、いない子もみな元気にはしゃぎ回っていた。学校を介した仲間意識がパワーの源泉だったのかもしれない。

同期の桜

那覇市の上山中学校時代の級友、大嶺芳重君が末期がんをわずらい自宅療養していると聞き、見舞いに行った。腹部に腫瘍を抱える彼はトロ～ンとした眼差しで横になっていた。

奥さんの話では食事もろくにとれず、ボーッとして寝たきりの状態なのだという。

本人の顔に間近に迫り、「おい！ 大嶺君！ オレだ、オオギミだ！ ヨシオだ！」と何度か繰り返すと、彼は薄目を開けて、しばらくじっと見入っていたが、やがて「ヨシオーか、お前、ディキランヌー《劣等生》だったよなー」「ガチマヤー《大飯食い》だった……」「よう、医者になったよなぁ……」などとつぶやいた。

大嶺とは中学二年の時、同じクラスだった。商家の御曹司で勉強もでき、ハラペコとも無縁な存在だったが、なぜか、私とは気が合った。

しゃべり合う中で大嶺は中学二年の頃を思い出し、クラスの悪童達がやらかした米婦人下着着用事件なるものの責任を問われ、担任からビンタを食らった話をくやしげに語った。

当時の上山中学校は戦後数年を経て創立されたばかりで、我々はその二期生であった。校舎のまわりには石ころだらけの平地が広がり、学校の東側（今の久米二丁目あたり）は一面ススキが密生する原野だった。原野の一画は区画化され、米軍住宅が数軒建てられていた。

ある日、その原野に数人のクラス仲間が入り込み、遊びふざけているうちに、米人宅の庭の物干し竿からパンティやブラジャーを抜き取り、それを頭からすっぽりかぶったり、首に巻いたりしてススキの密生地で戦争ごっこをした。

それからまもなく、米人宅から校長に厳しいクレームが入り、下着着用事件なるものが発覚した。責任を問われた担任は烈火の如く怒り、クラスの悪童全員を教壇の前に並ばせ、一人一人にビンタを食らわせた。その遊びには、彼は参加してなかったものの級長として監督責任を問われビンタを張られたのだった。当時は、特攻隊上がりや、予科練帰りの意気のいい先生方もいて、ビンタを張るのも当然という風潮があった。

事件の背景に思いをいたせば、戦争に負けた悔しさというか、米人への反感のようなものが子どもたちにもくすぶっていたのだろう。中学校のわきの道路を走る米人車両に、別クラスの生徒数人が石を投げつけてリアガラスを割り、朝礼で校長の厳しい叱声が飛んだこともあった。巷《ちまた》においても基地から食料や物品をこっそり持ち出しては「戦果をあげた」と胸を張る大人もいたし、力道山が米人プロレスラー・シャープ兄弟を空手チョップでやっつける場面がニュース映画や口コミで伝わり、オール沖縄で欣喜雀躍、拍手喝采したものだった。

中学二年当時の彼は小柄で細く、那覇市楚辺にあった玉城道場で一緒に柔道を習い合う仲でもあった。体重の軽い大嶺は容易に私の巴投げの餌食になった。

ある日、彼らと共に数人で波之上海岸に泳ぎに行く途中、一列に並んで立ち小便し、尿しぶきを遠くまで飛ばし合っていたとき、私のズボンの前をのぞき込んだ彼が「ヨシオ！　お前、毛が生えている！」とはやし立てたのでムキになって追い回したこともあった。ところがその冷やかしも三か月後ピタリと止んだ。本人にも毛が生えたのだ。

逆に、こんなこともあった。「母の思い出」という題の宿題作文を提出する日の朝、席を外した彼の鞄の中にその原稿を見つけ、それをみんなの前で声高らかに読み上げたところ、戻ってきた大嶺が「止めろ！」と叫んで原稿をもぎ取り、引きちぎり、泣きながら駆け抜けて行ったこともあった。その大嶺も高校に入ると空手を本格的にやりだし、みるみる巨漢となり、立場が逆転した。

大学時代、名古屋から出て来た私を新宿の飲み屋に案内した際、絡んで来たチンピラといざこざを起こしたが、店のママさんから「止めときな！　この人、空手の達人よ」と言ってくれたおかげで事なきを得たこともあった。彼はその後、空手一筋の道を歩み、晩年には剛柔流空手道本部最高顧問（範士十段）になった。

話は戻るが、見舞いに来た私に共感したのか、話が進むうちに「ヨシオ、一緒に『同期の桜』を歌おう」と言いだした。これまで寝たきり状態だったため、奥さんもビックリした。

本人の強い要望に応え、脇を抱きかかえながら並び立ち、軍歌「同期の桜」を拳を振りながら二人で歌った。

貴様と俺とは同期の桜
同じ航空隊の庭に咲く
咲いた花なら散るのは覚悟
みごと散りましょ　国のため

貴様と俺とは同期の桜
同じ航空隊の庭に咲く
血肉分けたる仲ではないが

なぜか気が合うて　別れられぬ

（実際の歌詞では「航空隊」の個所は「兵学校」なのだが、私たちは「航空隊」と歌っていた。）

歌い終わると、彼は崩れるように横になり動けなくなったが、表情は満足げだった。帰り際、奥さんは、「こんなに元気になったのは初めてです」と喜んでくれた。ところが、その夜から容体が急変し、五日後に亡くなった。身内の話では、私と会った翌日から熱が出てみるみる衰弱していったという。七十二年の生涯だった。見舞いに行ったことで死期を早めたのではないかと自責の念に駆られたが、奥さんから「亡くなる前に、あんなに元気になれたから主人は満足していたと思います」と言っていただけた。とはいえ、「燃え尽きさせてしまったのではないか……」という後ろめたい思いをぬぐえないまま、今に至っている。

名古屋の六年 ―名古屋大学医学部学生時代―

名大卒業後すぐ北海道に渡ったため、名古屋の思い出は六年間の学生生活だけですが、今なお懐かしく思い出されます。

前回の四十周年記念誌での思い出とオーバーラップするところもありますが、改めて下宿時代を共に過ごしたポリクリ仲間らを中心に、わが交友録を書き綴ってみました。

名大教養部に入学したとき、大学から新婚夫婦の住む新築二階建ての家を紹介され、人生初の下宿生活を始めました。何しろ、何も知らない田舎者でしたから失敗の連続でした。下宿して間もなく新婚の若奥さんから次々と苦情が出されたのです。二階の階段の壁には「階段は静かに歩きましょう」、トイレには「横に飛ばさないようにしましょう」という注意書きが貼り出されました。「夜遅く大声で歌うのはやめましょう」という苦言もありました。ただ、同居する姑さんは私に対してえらく同情的でいろいろやさしくしてくれました。

この下宿先に一緒に入居したのが同じポリクリグループのK君でした。K君は、九州男児の豪放さを発揮し、小言を言われても平然としていました。門限を過ぎて鍵がかかり部屋に入れなくなると、塀伝いに屋根に上がり二階の自室に戻っていました。

私が彼から最初に学んだのは、読書に対する姿勢でした。私が寝ころんで戦記物などを読んでいると、彼はステテコ姿で鉢巻をし、小っちゃなちゃぶ台に向かって正座し、「ジャンクリストフ」を読んでいました。これを契機に私も文学作品に目を向けるようになったものです。

K君の行動は、驚きの連続でした。初夏になると布団を担いで質屋に向かうので訳を聞くと、質屋にあずけた方が布団は清潔に保てるし、金も手に入ると言うのです。彼が布団を担ぎ出すと「あー、もう夏か」と思ったものです。一緒に銭湯に行くと彼は数分で上がり、強迫的に数十分もかけて体を洗う癖がついている私を待ちあぐねていました。そんなとき彼は、「もっと洗いたい、洗いたい」という気持ちのまま、エイッと気合いを入れて風呂から上がれという強迫神経症における行動療法の原則を教えてくれたものです。

下宿生活三か月後にはそこを追い出され、瑞穂区の学生相手の下宿に引っ越しました。

引っ越し先の下宿は長屋風の新築の建物で、玄関が裏手にあることから手っ取り早く正面の窓から出入りしていたところ、大家さんがやむなく石の台座を窓の下に据えてくれました。窓からの出入りを重ねるうちに、窓枠がだんだん歪み傾いてきて大家さんは渋り顔でした。

引っ越してまもなく、K君は門限オーバーで閉め出されると、深夜、私の下宿の窓をガラガラと開けて上がり込み、朝まで私のそばで寝ていました。ある晩、門限オーバーで私の部屋の窓をガラリと開けて窓枠に足を乗せ這い上がろうとしたとき、悪夢でうなされ目覚めた私が寝ぼけまなこで跳ね起きてそばにあった座敷ほうきでK君の顔面を打ち払い、メガネをたたき落としたことがあります。以来、彼は深夜私の部屋に入るときは、窓をおそるおそる開けて「おい、オオギミ、オオギミ、起きたか、起きたか、返事しろ‼」と繰り返し呼びかけ、私が完全に目覚めるのを待って恐る恐る窓枠に足をかけました。

新しい下宿先には、T君とA君らが部屋を借りていました。T君からは試験情報など大事な情報をいろいろ教えてもらいました。

ポリクリグループのA君が、私の隣の部屋に引っ越してくれたことはラッキーでした。夜八時頃になると、A君は壁をコンコンとたたいて合図し、当時としては珍しいケーキや果物をご馳走してくれたからです。私の誕生日にはわざわざ大須まで連れて行ってもらい、豪華なビフテキのご馳走にあずかったこともありました。

センスのいいおしゃれな服を着こなし、誰とでもにこやかに接し、女性的雰囲気を醸し出すA君は私にとって不思議な存在でした。一緒に銭湯に行ったとき、並んで頭を洗いながら本当に男だろうかとこっそりのぞいたら紛れもなく日本男子でした。

平成十二年二月、A君は胃がんで急逝しました。青天の霹靂でした。亡くなる一年半前、A君は幼児期を過ごした台湾旅行の帰りに沖縄に立ち寄ってくれました。ちょっと痩せてはいましたが、そんな大病に冒されているとは知らず、相変わらず笑顔を絶やさず「大宜見君は自由に生きていていいね」と、いつもの口癖が出たものです。逝去を知り、焼香に訪れたA君宅の妹さんの話では、彼は一家を担う大黒柱としてご両親や弟妹のことを案じ、家ではめったに笑顔を見せないこわい兄だったといいます。平成十一年五月、胃がんの宣告を受け、津島市民病院に入院したときも、誰にも知らせず、面会も受け付けず、一人病魔と闘い、最後まで弱音を吐かなかったそうです。その生き様は、外面的には女性的雰囲気をかもしながら、内面は自己の信条を貫く古武士のような人物だったように思います（合掌）。

同じポリクリグループにはO君がいました。学部に進んでから、下宿先が近いこともあって良識派のO君からいろんなことを教わりました。彼からの助言がないと生化学のY先生の追試地獄に陥るところでした（たしか六十一点で、ギリギリセーフでした）。

ポリクリグループではありませんが、T君やS君にもいろいろ教わりました。学部二年時にT君に誘われ、飯山日赤病院に研修に行ったことが妻との出合いとなりました。S君に誘われて鳳凰三山に登った時、勢いに任せ先頭を切って駆け登ったら彼にきつく注意され、登山のルールをイロハから教えてもらいました。

U君が所有していたオートバイ（メグロ、型式、排気量不明）の後ろに乗せてもらい、京都までツーリングしたことがあります。あのときの爽快さが、学部四年時に見たマックイーンの映画「大脱走」でドイツ・スイスのグリーンベルト地帯をバイクで突っ走る場面で増幅され、卒業後十一年目、インドからヨーロッパまでシルクロードをバイクで走ることになりました。JAF（日本自動車連盟）に国際ナンバーを申請した際、バイクによる世界旅行者は私が三十五番目、ドクターでは第一号と言われました。

学部四年の最終試験を終え、卒業を待つ間、正月になると「餅代よこせ暴動」を起こしていた大阪釜ヶ崎（愛隣地区）に潜入し、そこの人たちの生の息づかいに触れようと思い立ちました。ボロの作業衣を着て、首に汚れ手ぬぐいを巻いて準急「比叡」で大阪に向かったところ、すし詰めの満席状態なのに暴力団と勘違いされたのか誰もそばに座る人がいませんでした。

釜ヶ崎では浮浪者の人たちの間に入り、着の身着のままの生活をしました。夜明けと共に私鉄の駅前には「立ちんぼ」と呼ばれる男らが群がり、手配師の来着を待っていました。立ちんぼの中には前夜のケンカの名残か血のりの頭髪を逆立てた者や顔中包帯でグルグル巻きにしている者もいました。

天王寺公園そばの大通りには数人の男たちが近くの家から抜き取ったらしい新聞紙を尻に敷き、酒杯をあげていました。私もその末席に座していると、親切そうな男性二人がおそるおそる私の方へ近づき世間話を始めました。生返事していると、二人は社会福祉関係の人らしく説教を始めました。「若いもんがここへきちゃあかん。人間がダメになるし、いい嫁はんかてもらえへん。早う故郷《くに》に帰りなや」と諭されました。

宿泊三日目、大阪にいる叔母宅に連絡をとると、大学から至急電報が届いていました。驚いて内容を聞くと試験に落ちたから「すぐ追試を受けよ」というウナ電でした。慌てふためいて駆けつけた大学の追試科目は、公衆衛生学でした。

学生時代は最後まで愚行の繰り返しでした。世話し面倒をみて頂いた学友諸君にこの場を借りて感謝致します。

無給医時代

過日の全国紙（読売新聞２０１９・６・29）に「大学病院　無給医…研修名目『白い巨塔』の悪弊」という記事が大きく掲載されていた。

無給医局員……。五十年以上も前に私も無給医時代を経験した。

インターン研修を終え、医師免許証をもらって二年目の春、北大医学部小児科学教室に入局した。新米医師として先輩から診療の基本を学ぶためである。入局すると早速、大学病院に入院中の患者さんをあてがわれ、先輩医師とタッグを組んで臨床研修に励んだ。

無給医の身分ゆえに生活費は週一回、地方の公立病院や炭鉱病院へ出張診療を行い、その謝金でまかなっていた。何かの都合で出張診療ができないと途端に生活に窮した。

当時、結婚したばかりで、ないないづくしの生活を強いられ、妻の貯金もあっという間に使い果たした。家具の代わりに妻の実家から送られたリンゴの空き箱を利用し食器棚、衣類ケース、食卓、書棚の代用とした。長女が生まれると、ベビー服を買う余裕もなく妻はもっぱら手縫いで間に合わせていた。ある日、妻から医局に「今、おうちにお金が二十円しか残っていない……」との電話が入り、慌てて医局から一万円を借りて駆け参じたこともあった。

電車賃を節約し病院とアパートとの間の二㎞の道を毎日駆け足で通った。カバンが買えず書籍や資料を風呂敷に包んで抱え、オーバーコートを翻しながら走ったので朝は決まって犬に吠えられた。

小雪ちらつく夜半、風呂敷包みを抱え走っていると、うしろからついてきたパトカーの職務質問を受けた。

「どこへ行くの」「家に帰る……」

「なぜ、走っているの？」「急ぐから……」

「職業は？」「医者……」

「どこで働いているの」「北大病院……」「生年月日は」と聞くので和暦で答えると、すかさず「西暦では何年？」とたたみかけてきた。ウソを見抜く尋問手法のようだった。

当時私は、気分一新をはかり丸坊主にしていた。丸刈りの男が深夜、風呂敷包みを抱えて走っているものだから怪しむのもムリはなかった。結局、運転免許証を見せることでケリがついた。

警察官との行きちがいハプニングにはもう一件あった。

医師になってまもなく、医師免許証を紛失してしまい、交番に紛失届に行った。「医師免許証をなくしたので紛失届に来ました」「イシヤさんですか」「違います。医師免許証です」「だから石屋さんでしょう」「ストーンの石ではなくてドクターの医師です」。

このおまわりも私の坊主頭に惑わされたかもしれない。

駆け足通勤を知った先輩医師から乗りこなした三菱コルト600という中古小型車を譲り受けた。相当使い込んでいて、運転席の床には穴が空き、走らせると泥水が車内にはね上がってきた。常時オイル漏れがあり、ガソリンとオイル交換を同時にやらねばならなかった。三〇㎞近く走ると必ずパンクした。ワイパーが故障しているため、雪の日は柄の長い毛ブラシを窓から出して右手でウインドウの雪を払いのけながら走った。

ある大雪の朝、アパートの前に停めていた車が突如なくなっているではないか。大型除雪車が早朝、道路の除雪作業を行った際、掃き出された雪もろとも道路外へ放り出され、埋もれてしまっていたのだった。

かくして無給医時代のわがマイカーライフは終わりをつげた。

こういう貧乏生活は新米医師が一度は通らなければならない道だという認識があったから我慢できたかもしれない。

私の無給医時代に始まった医学生らのインターン制度廃止運動は、やがて医局講座制のあり方を問う学園紛争へと発展していった。

冒頭の記事のように無給医局員の存在が五十年以上も経った今なお存在する事に正直驚きを禁じ得ない。

「飛び込んだら許してくれますか」

──若き日の短慮暴発──

名大医学部を卒業し北海道の病院でインターン研修を終えた私は、北大医学部小児科学教室（いわゆる小児科医局）に入局した。当時はインターン制度反対運動が先鋭化し、教授を頂点とする医局制度のあり方が問われ始めた時代だった。

医局講座制反対運動はやがて全学の学生運動に広がり、大学構内では全共闘と称する学生達がバリケードを築き、校門を封鎖し、機動隊とも衝突していた。そのうち、路線対立による内ゲバ（組織内での対立から生じる暴力抗争。ゲバはドイツ語ゲバルト［暴力］の略）も発生するようになった。北大正門前のクラーク会館前では主義主張を異にするヘルメット姿の学生どうしがゲバ棒を手に、タオルで顔を隠してにらみ合い、投石騒ぎを起こしていた。

そういう状況下で後輩の医師たちが入局を拒否したため、深刻な医局員不足をきたし、大学の診療や研究活動は機能不全に陥り、一時は教授まで当直をせざるを得ない状況となり、我々下っ端の若い医局員は大車輪で走り回っていた。

当時、他大学から入局した私には、先輩や同期生も知人もおらず、孤立した存在であった。よそ者の負い目を跳ね返すには学問的実績をいち早く上げるしかなく、騒然たる雰囲気の中で三か月に一本のスピードで論文を書きまくった。

学生らは博士号取得のための学位制度にも反対していたため、学位論文の審査もままならず先延ばしされていた。ある日突然、秘密裡に大学から離れた市内のホテルで学位審査が行われる事になったのである。十数名の学位取得予定者がホテルの一室に集められ、ひとりずつ審査を受けることになった。私の二人前まで審査が進んだ時、突如、場所を突き止めた全共闘の学生たちがゲバ棒を手に押し入り、学位制度粉砕を叫んだ。審査前の私たちも学生らと向き合い、押し問答となった。怒号渦巻く中、学生らにこう言い返したことを覚えている。

「ここ五年間、こつこつためたデータをもとに書き上げた論文だ。これを放棄せよと言うなら、君たち医学生もいったん退学して再度医学部を受けなおせ、そうすれば学位放棄に応じよう。それがいやなら応じない」

入局して六年目、医局をまとめる医局長補佐に任じられた。医局長のもとには北海道各地の病院から若い医師の補充を求める要請が相次いでいたが、新入医局員不足のため、それに応える事ができない状況にあった。若手医師の補充困難を伝えるため、医局長と二人で北海道各地の病院を訪ね、お詫び行脚をした。

釧路の大病院の先輩医長に、若い医局員の補充の困難さを丁寧に説明した後、医長、医局長、私の三人で夜の酒場で慰労会をやった。過重負担に耐える医長は現状を一応受け入れはしたもののアルコールが回るにつれ、怒りを露わにした。「どうしても補充を送れないなら、そこの釧路川にでも飛び込んで謝れ」と酒の勢いで私に言い放った。「飛び込んだら許してくれますか」。「許す」の問答の末、私はホステスらの制止を振り切り、酒場の階段を駈け降り、夜の街を釧路川に向かって走り、一気に飛び込んだ。

五月下旬とはいえ、釧路川は雪解けで水かさを増し、氷塊もところどころ浮いていた。冷水に縮み上がりながら川面のあちこちに突き出る杭のひとつにしがみついた。その瞬間、二週間前に生まれた長男の顔が頭をよぎった。

岸壁では医局長やホステスらが大騒ぎしていた。やがてパトカーがきてロープが降ろされ、引き上げられた。そういういきさつから、論文で評価されるよりも突飛なことをする男として知られるようになり結果として一目おかれるようになったのだった。

泥水の臭う服のまま出張から帰った日、すやすや寝入る長男坊をすぐさま抱きかかえ、「アホな事してごめんな」と内心つぶやいた。

川から救出された際、ふと思い浮かんだ事がもう一つあった。昔見た藤田進主演の柔道映画「姿三四郎」だ。柔道の師匠の叱責に反発して、真冬の庭の池に飛び込み、杭にしがみつきながら何時間も粘って意地を張った三四郎が、池の淵で月光を浴びて咲く一輪の白い花に感動し、我に返るシーンだ。
私の場合、脳裏をかすめたのは、わが子に対する申し訳なさだった。

思い出の中の、私の寅さん

今から五十年ほど前、私が北大病院小児科の新米医師であった頃、小児心臓病の専門外来に首にタオルを巻き、ニッカポッカのズボンをはいた父親が心臓病の赤ちゃんを抱いて診察室に現れた。後ろから幼児二人を連れて母親がついてきた。話を聞くと、父親は炭坑夫、遠隔の炭坑町で生まれた三女が先天性の心臓病と言われ、家族総出で受診したのだという。

カルテを見ると、姓は勘《かん》、患児の名前は忍《しのぶ》とある。診察を進めるうちに父親とこんなやりとりをした。

「勘さんという名前はユニークでいいのですが、お嬢ちゃんは堪忍《かんにん》ちゃんと呼ばれるそうですね……」

「ハイ、事情があって忍の名にしました……」

二度目の受診の際、話の弾みから忍という名前の由来について聞くことができた。

勘さんは二年もの間、出稼ぎに行き家を空けた。二年ぶりに帰ってみると、奥さんが生まれて間もない赤ちゃんを抱いていた。問い詰めると、知的障害を有する妻はしどろもどろに「あんたの子……」と答えた。それじゃ月数が合わぬと責め立てたら、彼女はあっさり白状した。

下手人は隣家の居候だった。頭にきた勘さんは隣家に上がり込み、居候の首根っこをつかみ、ビンタを数発食らわした。居候はその夜、行方をくらました。

ことの成り行き上、子育てを担う羽目になった勘さんだが、赤ちゃんの顔を見るたびに居候の顔がちらつきしゃくにさわった。とはいえ、生まれた赤ん坊に罪はない。しかも生まれながらの心臓病を持っていた。そのまま放っておいちゃ育ての親としての面目がたたぬと考え、わざわざ大学病院までやってきたのだった。

「でも、コイツはねー」とそばにいる妻を見やりながら、「少々頭はにぶいし、隣の野郎に言いくるめられていたようだし、わしに見放されちゃ、帰る里だってない。それに出稼ぎに行っている間、上の子たちを何とか育ててくれた。そんなことで、今度の事は『忍』の一字でこらえることにしました……」

何だか、フーテンの寅さんを地でいくような人情話にすっかり感動、勘さんを大学病院の食堂に誘い、さらに話を聞いた。

「ところで、勘さん、二年もの間、出稼ぎに行っていたというけど、途中で帰ったことは本当になかったの？　勘違いしてない？」

「そりゃないです。刑務所にいましたから……」

それからしばらくして、勘さんが働いていた炭鉱町の病院へ応援診療に行く機会があった。しかし、そこで勘さんと会うことはなかった。よその炭鉱へ転出したらしいのだ。

当時、日本は高度経済成長下にあり、石炭産業から石油産業への急速なエネルギー転換策がはかられ、炭鉱の閉山が相次ぎ、人の移動も激しかった。

そういう危機的状況にはあるとはいえ、山間部の炭鉱町には一種独特の活気があった。長屋風の社宅が立ち並び、隣家のおかみさんどうしが楽しげに語らっていた。危険でハードな仕事ゆえに坑夫の給料は高く、家賃、暖房料もタダだったせいか、街中にはパチンコ屋や飲み屋が点在し、映画館には高倉健主演の映画「網走番外地」の看板が掲げられていた。

炭鉱病院で当直当番の夜、夫婦げんかで夫から顔を殴られ、連れてこられた女性がいた。病院事務長によると、坑夫は仕事でいったん地下に潜ると少なくとも八時間は戻ってこられないため、その空白の時間帯に「浮気した、しない」の夫婦げんかが起き、妻が病院に運び込まれるケースが少なくないのだという。

浮気に絡む夫婦げんかが原因で病院受診につながるケースが多い中、勘さんは義理と人情の寅さんモードでそれを切り抜けてみせた。「勘さん、えらい！」と改めて思った。

正月興行で寅さん映画が上映されるたびに、あの気っ風のいい、勘さんのことが思い出された。今となっては、遠い昭和の、懐かしい思い出の一コマである。

バイク二題

廃車復活

半年前、車検業のAさんがマイカー車検の車を引き取るため、わが家を訪れた。車庫に入ったAさんは、奥にあった古いバイクを見て立ちすくんだ。「コレ、ヤマハのDTじゃないですか！　本物ですよね！」とつぶやき、「触っていいですか」と言いつつにじり寄った。

このバイクは四十五年前、インドからヨーロッパまで冒険旅行で駆け抜けたDT250というバイクである。自分の人生の転機となったバイクだったから雨風にさらさず保管していた。

Aさんは車体をなでさすりながら、声を震わせ独り言のようにつぶやいた。「DT250の実物を見るのは初めてです！　幻の名車です！」「排気量二五〇cc……キック式2サイクルエンジン……ブレーキも今のディスクと違ってドラム式……、排気管も上についていますね。バッテリーも6ボルトと小さい……、方向指示器もスイッチも小っちゃいですね！」。

車検の車をあずかり帰る際、遠慮がちにAさんは口を開いた。「このバイクのエンジン音をぜひ聞きたいのですが、タダでいいですから私に修理させてもらえませんか……」。

かくして、朽ち錆びたDT250はAさんにあずけられた。

四十五年前、インドから西ヨーロッパまで砂漠や荒野や雪原の中を、この単車で走り抜けた。西ヨーロッパにたどりついた時には走行距離は二万㎞を超え、車体の傷みも激しかった。エンジンが焼き付き突然ストップした。イタリア・フランス国境沿いにある高速道路のトンネル内で突然エンストを起こし、八〇〇mもの長くて暗いトンネルを冷や汗かきながら出口を目指し押し駆けした。

前輪タイヤはペラペラに摩耗し、リヤタイヤはひび割れし、バーストの危険をはらんでいた。ハンドルはゆがみ、サイドスタンドは折れ、バッテリーは充電不良でホーンも鳴らない。時速三〇㎞を超すと、エンストを起こすのでトロトロ走り、オランダではサイクリングを楽しむ若者達に追い抜かれ、ドイツではアウトバーンを時速三〇㎞で走って対面のパトカーから大目玉をくらった。

そういう難行苦行を共にした単車だっただけに愛着がつのり日本に持ち帰った。

数か月後、単車を持ち帰ったAさんから電話が入った。

「仕事の合間をみてエンジンをバラして修理を行いました。パワフルなエンジン音に感動しています」と嬉しげだった。

早速訪ねてみると、きれいに磨かれた車体のわきでAさんが待ち受けていた。生まれ変わった車体にまたがり、キックすると、ドッドッと腹の底から突き上げてくる甲高いエンジン音が鳴り響き車体を震わせた。

あのボロボロの単車が新車同然のパワーを取り戻せたことに正直驚いた。バイクのナンバープレートが国際ナンバーとなっているため、公道を走るには再登録が必要。Aさんは、とにもかくにも公道を走らせたく、登録先の北海道北見市の陸運事務所に連絡して、再登録の手続きを進めている。

クラシックバイク愛好家の執念で廃車同然のバイクは四十五年ぶりに息を吹き返した。

銀行強盗

四十年前、県立那覇病院で小児科医として働いていた頃、浦添市のバイパス沿いのマンションから通勤していた。当時、那覇は、道路整備が追いつかず、至る所で車が渋滞していた。そんな中、私はSR400という四〇〇ccの単車で通勤していた。渋滞の中を車で通勤すると四十分以上かかるが単車だと十数分でたどり着けたからだ。理由はほめられたことではないが、車のわきを次々追い越して走ったからだ。だいたい二〇〇～三〇〇台は追い越したと思う。

その頃SR400はバイク通にはあこがれの単車でもあった。気品のあるレトロな雰囲気を醸し出す単気筒空冷エンジンでキックによる始動が魅力だった。ただ、難点は、そのキックにあった。キックしてもエンジンがなかなかかからず、三、四回キックしてやっとかかるありさまだった。

そんな中、那覇市で猟銃を使った銀行強盗事件が発生した。犯人は現金を掴み取るや、盗んだ単車で逃走、途中で単車を乗り捨てて行方をくらました事件である。犯行に使われた単車が何とSR400だった。どうしてエンジンがかかりにくく、車体の重い中型車を逃走用に選んだのか不思議だった。知らずに使ったら始動に手間取り逮捕される可能性がある。やはり乗り慣れた者の仕業なのだろうかといろいろ考えた。

当時SR400は沖縄に数台しかなく、その中の一台が私の愛車だった。警察はこの単車を乗りこなす人はそう多くないと見て同車種の持ち主にも捜査対象を広げたようだった。しかも犯人はわが家の近郊にこの単車を乗り捨てたということもあって、ある日、刑事がわが家を訪問し、妻にいろいろ聞いたらしい。刑事は犯行時のモニター写真を取り出し、ヘルメットに覆面姿の犯人の写真を見せて「心当たりはございませんか」と聞いた。妻はうっかり「そういえば似ていますね」と答えてしまった。それから二、三週間たち、警察から呼び出し状が届いた。「あなたは八月十五日午前五時頃、安謝交差点方面で仲間数十人と暴走行為をしているところを、取締中の警察官に目撃されています。すぐ那覇警察署まで出頭しなさい」という文言であった。驚いて警察に電話し、当日は那覇から四〇〇㎞離れた南大東島に乳幼児健診に行っていて不在だった旨を抗議口調で伝えたところ、裏が取れたのか、それ以来警察からの問い合わせはない。

犯人がその後どうなったか詳細は不明である。

のるかそるか

「子どものこころ専門医制度」が発足したことから、高齢の身で気は引けたものの専門医試験を受けてみようと思った。まだ現役として子どものこころの診療を続けている以上、もう一度勉強をし直そうと思いたったからだ。

試験は長崎で開かれる日本小児心身医学会の最終日の朝に行われることになったが、試験前夜とんでもない事態が起きた。いざ、寝ようとしても目がらんらんとして冴え、全く眠気がこないのである。慌てて入眠障害に著効を示す新薬を一錠服用してみたが、びくともしない。再度半錠を追加してみたが全然眠気がこない。この上は、さらに一錠追加し、通常の睡眠薬も加えて寝入る方式を選ぶか、そのまま一睡もせずに受験に挑むのか、いずれかの選択を迫られた。

もし増量して眠れたとしても当日朝、薬で朦朧としまいか……、逆に一睡もしないまま受験に挑んだ場合、頭がボーッとして働かなくなる可能性はないか……、あるいは、猛烈な睡魔に襲われる可能性だってある。一か八かの決断を迫られた深夜、「エイ！」とばかり、薬を一気に飲み切り、運を天に任せた。その際、効き過ぎて寝坊しては困るので、ホテルのフロントにモーニングコールをお願いした。翌朝、眠気が強ければコーヒーをガブ飲みしてから出かけるつもりだった。さいわい、増量服薬で何とか四時間ほど眠って受験に挑むことができた。十数人の受験者のほとんどが息子と同世代の三十～四十代の若いドクターばかり。何だか一人だけ浮いている感じだった。

脳が興奮し、過覚醒に陥ったことはこれまでにもあり、二年前の脳腫瘍の手術を受けた際には、術後、脳が過覚醒状態に陥り睡眠がとれない状態が四日間続いたし、細菌性前立腺炎で危うく敗血症になりかけて入院した時もそうだった。

二〇一六年の夏は雑務雑用に追われ、年甲斐もなく頑張りすぎた。外来診療のほか、自治体から頼まれた仕事などいろいろ雑務が重なり、その合間を縫って児童精神科の本にも目を通した。学会当日も興味をそそるテーマが続き、二日連続熱中して聞き入り、脳疲労に拍車を掛けた。

普通、過度の緊張や疲労が重なると、体がだるく無気力になりがちだが、脳が逆に興奮し過覚醒状態になることもある。丁度、車のアクセルがオンのままで、ブレーキやギア操作が効かなくなったようなものだ。年甲斐もなく頑張りすぎて緊張状態が続いたため、脳が暴走したかもしれない。試験から数日たった敬老の日の九月十五日、合格通知のハガキが届いた。ちなみに、その日は私の七十七歳の誕生日でもあった。これからは、ムキにならず、のるかそるかのゲームに乗らず、穏やかに敬老の日を迎えたいものだ。

機上の怒号

学会参加のため午後の診療を早めに終え、午後五時発大阪行きのＡＮＡ便に飛び乗り、奥の窓際の席に座った。出発間近、後ろの窓際の席が空席だったことから中央座席の二人の女性が乗務員の許可を得て移り、早口の大阪弁で楽しげに語らい始めた。

そこへ早足で駆け込んできた中年男性が私の席のそばで立ち止まり、後ろの席の女性に向かって「ここは俺の席やで、何しとるんや」と怒鳴った。二人の女性は「すみません」と小声でつぶやき、慌ててもとの席に戻った。しかし、男の逆上は止まらない。女性乗務員が平身低頭してもおさまらない。

若い男性乗務員が代わって謝罪を繰り返すが、怒声はエスカレートするばかり。前の方の席でぐずって泣いていた幼児が泣くのをぴたりと止めた。機内の異様な雰囲気を察知したのかもしれない。「何でわしの席におばはんふたりがすわっていたんや！時間がない、早う行けとせかされて来たのに何やこれ！」と遅刻した身を棚に上げ、身勝手なことを言っている。更に年配の男性乗務員が現れて冷静に対応するも、男は自らの怒声にますます興奮するばかりであった。

逆上する男に対して乗務員らは警察の応援を頼んだらしく、しきりに搭乗口を振り向くがなかなか現れない。数分後やっと現れた若い警察官二人が穏やかな口調で「皆様に迷惑かけるから、ひとまず降りましょう」と言っても、男の怒りはおさまらない。「もう強制的に降ろすしかないですが、法的にどうでしょうか」と警察官の方が、逆に年上の男性乗務員に尋ねると、「機長は乗客の皆様が不安を覚え、身の危険を感じておりますので、このままでは飛行は無理と判断しております。強制的に降ろしても法的には何ら問題ありません」と答えた。納得した警察官は、強制退去を実行するため、まわりの席の人たちに遠くに移動するよう要請した。身勝手な男の振る舞いを腹立たしく思った私にも席移動の要請があったが、やんわりとお断りした。強制退去の際、警察官に抵抗してもみ合いになり、こちら側に倒れ込んできたら足で受け止め、蹴り上げてやろうと思ったからだ。さいわい、男は実力行使に出た警察官に抵抗をあきらめ、大声を張り上げながら、機外へと引っ張られていった。

男のために、飛行機は三十分遅れて出発した。

あの男の異常な振る舞いは何だったのだろう。もしや覚醒剤常用者ではなかったか……。一方、八十近い高齢の身ながら、足蹴にしてやろうと思った私の気の高ぶりは一体何だったのだろう。猛々しい青春時代の残り火だったのか、それとも高齢者特有の短気のなせるワザだったのか……。

「医者ともあろうものが……」と、医療倫理に後ろめたさを覚えつつ、機窓に流れる白い雲をぼんやりと眺め続けた。

七十五年目の頬ずり

平成二十四年春、那覇市の都市計画の一環として真嘉比《まかび》小学校に隣接する造成地で墓跡の掘り起こしが行われた。そこの墓跡の一つから数基の厨子甕《ずしがめ》が見つかった。墓の入り口に近い二基の厨子甕には大宜見御殿《うどうん》本家の大宜見朝昭なる人物の妻と記されていた。

奥の方にあった厨子甕には大宜見本家八代朝平の妻「安里按司加那志《あさとあじかなし》　明治四十二年六月四日卒　大正十二年十一月二十三日御洗骨」と記されていた。その人は十七代代国王尚灝王《しょうこうおう》の八女で琉球王朝最後の聞得大君《きこえおおきみ》安里翁主《おうしゅ》その人であった。手前にあったもう一つの小さな厨子甕には「次男大宜見朝明　夭折一歳」と記されていた。それはなんと戦死した私の父の兄の遺骨なのだった。

夭折した朝明や父の祖父は最後の琉球国王尚泰王《しょうたいおう》にうすば大宜見（お側付き・秘書官）として仕えた大宜見朝昭という人物で私の曾祖父に当たる人である。掘り起こされたこれらの厨子甕は大宜見本家の墓に一時預かりの形で保管されていた。

今年の春、清明祭の行事を機に厨子甕の一部を分家すじの私たちの墓へ移送することになった。法要を終え、わが家の墓へ厨子甕を移動し、亀甲墓の墓蓋を開けた。ひんやりとした墓の中にはいくつかの厨子甕が据え置かれ、正面には比較的小さな父の厨子甕と母の骨壺が並んで据えられていた。

坊さんの許可を得て父の厨子甕を開け頭骨に触れた。頭骨をそうと抱え上げ、両手で支え持ち対面した。頭骨は思いのほか小さかった。頭骨だけになると人の顔はこんなにも小さくなるのかと思った。細目の顎と歯並びを見て五歳の頃の父の面影をたどった。「お父さんは、義夫を医者にする」としばしば口にしていたという母の言葉を思い出し、目頭が熱くなった。「お父さん、よく頑張りました……ありがとう……」と内心つぶやき、思わず頭骨に頬ずりした。七十五年ぶりの頬ずりだった。

沖縄戦の終わる四日前、警察官だった父は知事からの特命を受け、南部戦線で敵中突破をはかる中、迫撃砲弾を浴びて倒れ、その地に埋葬された。三十四歳だった。

戦後まもなく埋葬地を訪れ遺骨を探り当て、今ようやく本来の墓への納骨を済ませることができた。昔のように土葬だったから父親とじかに向き合うことができた。法要を終えた坊さんから、火葬でないご遺骨の場合千年以上崩れることはないと言われた。

今、わが家の墓には一歳の兄と三十四歳の弟が百有余年の歳月を経て巡り会い静かに眠っている。

〝赤ひげ先生〟

戦争が終わって五年目の昭和二十五年、我が家は那覇市二中前の茅葺き屋根の下で電気も水道もない中、五人家族で暮らしていた。父は戦死、母は夜遅くまで休日なしの仕事についていた。買い物には六歳の次女が母の手書きのメモを頼りに買い物かごを引きずりながら出かけ、小学三年の長女が夕飯を作っていた。小学五年の長男の私は、水くみ当番の役目を負いつつ、兄貴風を吹かしていた。

そんな中、ランプの煤《すす》取り当番だった小学二年の弟が急に高熱を出し「頭が痛い、頭が痛い」と大泣きしたため狼狽した。母へ連絡する手立てもなく、日頃頼りになる近所のおばちゃんたちも留守だった。

大泣きする弟を前に途方に暮れた私は、病院に連れて行くしかないと思い、泣きわめく弟を背負い病院に向かった。知っている近くの病院といえば樋川通りにある産婦人科医院だった。当時は産婦人科だとは知るはずもなく、うめき声をあげる弟を背負い、病院に向かった。

おそるおそる玄関を開け、受付のおねぇさんに「弟が頭痛いと言って泣いている……」とだけ伝えた。

「お母さんは？」「母さんは仕事に出ていない」「二人で来たの？」「ハイ……」

受付のおねぇさん二人は何やら話しあった後、一人が診察室の奥へ消えた。まもなくして診察室から戻ったおねぇさんから「ついておいで」と言われ、診察室に通された。

先生は手慣れた様子で診察を済まし、注射を一本打ち、「薬出すから」と言った。診察を終え待合室に戻ると、私は、おそるおそる受付のおねぇさんに「お金持ってない……」と小声で告げた。おねぇさんはそれには答えず、「お薬出すね」と言ってニコッとした。帰宅後、弟はすやすや寝入りようやく落ち着いた。

言ってみれば、貧者を救済した江戸時代の「赤ひげ先生」のようなお医者だった。

それから二十年、弟は群馬大学医学部に進み、整形外科医になった。その弟が結婚の相手に選んだのが、なんと、七歳の時お世話になった赤ひげ先生の娘であった。

五十数年ぶりにふるさと沖縄に転居した弟との再会を機に、このエピソードが話題になった。改めて、妻の父君になぜ、そのことを告げなかったかと問うと、病院で診てもらった記憶はあるが、そこが妻の実家の病院だとは知らなかったという。兄弟共に県外生活が長く、過去を振りかえるコミュニケーションがなかったことから、弟がその事実を知ったのはずっと後になってからであった。
五十年前のウソのような本当の話である。

第四章

発達障害臨床録

発達障害の子どもたち　一

―それぞれが見せた驚きの手法と克服のエピソード―

かつて私が診療業務を行っていたおおぎみクリニックは、二〇一〇年三月末をもって二十三年の役目を終えた。その間、クリニックを受診した不登校のケースは二千例を超えた。その中には、原因や背景がつかめない症例がかなりあった。

学校で何故かいじめに遭う、普通の子とどこか雰囲気が違う、片時もじっとできず動き回る、コミュニケーションやイントネーションが独特、特定のものに興味を持ち、抜群の記憶力と知識を持ち合わせながらなぜか浮いてしまう、こだわりが強く、思い通りにならないと癇癪を起こす、極端に不安が強くパニック状態に陥るものの、その原因や背景がつかめないなどのケースである。

その子たちは現在、発達障害と呼ばれている。知的水準は平均以上でありながら、社交面で課題があるケースは高機能自閉症とも呼ばれる。多動で落ち着きなく、衝動的で忘れ物が目立つケースにはＡＤＨＤ（注意欠陥・多動性障害）がある。これら両者（自閉症とＡＤＨＤ）が併存したケースも少なくない。

発達障害の勉強を改めてし直し、これらの子らと接しているうちにその能力の多様さにしばしば驚嘆した。これらのケースについてシリーズ形式で紹介したい。

一・見通しを立てる

三歳の女児であるUちゃんは不安げに母親の腕にしがみつきながら診察室へ入ってきた。発達障害の特性を有するUちゃんは、はた目には引っ込み思案で大人しそうだが、家では要求が通らないと、癇癪をおこして泣きわめく意地っ張りな子なのだという。「お菓子食べたい」という要求が通らないと何時間も泣き続けるし、同じパジャマやスカートにこだわり、「これじゃない！」といつまでも駄々をこねる。要求が通らないと、昼夜の別なく泣き続けるので隣近所から虐待を疑われはしまいかと母親はいつもハラハラさせられていた。母親自身、うつ病の治療を受けていたために甲高い泣き声にことさら敏感だった。

保育園では比較的大人しくして聞き分けがいいのに、ショッピングセンターに行くとあれが欲しい、これが欲しいと要求がエスカレートし、最後には路上に寝そべって大泣きするパターンが繰り返された。

診察室で母とこんなやりとりを交わした。

「お母さんに対してだけ強情を張るわけですね」「そうです」

「よその人にはそういう要求はしない？」「しません」

「保育園でも駄々をこねることはないですか」「ありません」

「例外的に聞き分けのいい時がありますか」「前もって約束しているといいみたいです」

「買い物でもそうですか」「そんな感じがします」

「じゃあ、買い物に行く前に『これから買い物に行くけど、今日はこれとこれしか買わない』と前もって見通しを伝えてから出かけたらどうでしょう」「やってみます……」


四週間後、再び診察室を訪れたUちゃんは前回のように怯える様子もなくニコニコ顔で私の方へ歩み寄り、私の膝を軽く揺するような仕草をして母親の方へ戻った。母親の話では、前回以降、要求が通らず癇癪をおこすことがほとんどなくなったという。買い物に行く前に何を買うかをきちんと伝え、それ以外はほしがっても買わない旨をちゃんと伝えてから出かけるようにしたら、ほしがり泣きはなくなっていった。

以来、母親は努めて見通しを伝えるようにした。夕飯を作る時、「これからご飯つくるから、一人で遊んでいてね」とか、「もう少しでご飯できるから待っててね」「ご飯のあとお風呂に入るからお着替えの準備してね」と伝えるようにした。着替えを自分で選びたがる癖があるので事前にそういう風に伝えるようにしたのである。入浴、着替えがスムーズにいったあと、母親はUちゃんを膝に乗せて一緒にテレビを観るようにしたところ、夕食後の空騒ぎや癇癪も起こさなくなった。

母親はこれまで家事に追われるあまり、マイペースなUちゃんを早く早くとせかしていたため不安定にさせてしまっていたのではと反省し、前もって見通しを伝え、ほめるようにしたら穏やかになっていったという。

最近では、母親が体調を悪くして横になっていると、Uちゃん自身が洗濯したタオルをきちんとたたむなどの、お手伝いまでしてくれるようになったという。

二度目の受診の際、つかつかと私の所へ歩み寄り膝を軽く揺すって後ずさりしたのは、自分自身が「よい子になったよ」という誇らしい気持ちを伝えたかったのかもしれない。

二．超能力坊や

五歳のK君は片時もじっとせずあちこち動き回る男の子だ。診察室に入るなり、おもちゃ箱をごちゃごちゃかき回し大声で独り言をいう。五歳半までほとんどしゃべらなかったが今では発音は不明瞭ながらずいぶんおしゃべりになった。あちこち動き回っているK君にこちらから問いかけると無愛想に応じはするものの視線は合わない。

母親が口を開いた。「この子は、いくらぐっすり寝ていても私がそばを離れるとすぐ気づきます。不思議な子です」。そばでおもちゃで遊んでいたK君がいきなり「音でわかるもん！」と素っ頓狂な声を張り上げた。

K君は音にすごく敏感でちょっとした物音も聞き分ける。たとえ深い眠りに陥っても、敷き布団の微かにすれる音で母親の動きを察知する。微かな車の音で父親の帰りを言い当てるし、足音だけで祖父の来訪も告げる。

土地勘も抜群で、一度行った場所はたいてい覚えてしまう。K君が三歳半の時、広大なショッピングセンターに家族で出かけた際、父親が車を停めた場所を探しあぐねていると、舌足らずのK君は「道にしるし（広告）があった……、エレベーターがあった……、パソコンの店……」などとつぶやきながら車の場所を探し当てた。

K君は、落とし物や探し物を見つける名人でもある。病院待合室の長いすの下や植木鉢のあたりから十円玉をめざとく見つけては小躍りした。外来診療を終えたある日、母親が「私の携帯電話、知りませんか」と血相を変えて戻ってきた。母の後についてきたK君はしばらく立ち止まり考えている風だったが、いきなり診察台の枕を払いのけ、携帯を探し当てた。

K君は何事にでも疑問を持ち、「なぜ昼は明るいの」「なぜ夜は暗いの」「太陽は夜どこへいくの」「魚は何を食べるの」「車は何で走るの」などいろいろな質問を矢継ぎ早に浴びせてくる。発音は不明瞭で、手先も器用でなく、よく転ぶ子ながら、K君は紛れもなく超能力坊やに違いない。

三．潜在能力を次々と明かした高校生

高校一年のT君は登校しようとすると激しい腹痛、下痢を起こし、登校できない状態が長年続いていた。不登校状態は小学五年の頃から始まり、中学時代も保健室登校をしながら学校カウンセラーの相談を受けていた。

なぜ登校がしんどく、学校生活が苦痛なのか本人自身よくわからなかった。運動会など集団行動は苦手で友達づくりも得意でない、大勢の中にいると落ち着かなくなる、音にすごく敏感なことなどは自覚していたが、クラス替えを終えた新学期を迎えると何故か足がすくんだ。中学時代、学校カウンセラーの相談を長く受けてきたものの学校になじめない理由が掴めないでいた。

T君は人なつこく穏やかで、終始ニコニコ顔の好感のもてる高校生だ。視線を合わ

せて話せるし、冗談もわかり表現力も豊かだ。多動もさほど目立たず忘れ物もしない。自分の特性について自覚もある。

発達障害を疑わせるポイントをあげれば、集団が苦手、音に敏感、発音不明瞭でやや舌足らず、味にも敏感、気持ちの切り替えが上手でない、特定領域の知識が豊富（宇宙物理学、プログラミング）、人と交流しなくても苦にならないということだった。

高機能自閉症を疑われ、WISC-Ⅲという知能検査を受けたところ、検査の得点にバラツキがあり、特に視覚的な情報処理や記憶に課題があり、ものごとを手早く処理することが苦手という結果が出て診断が確定した。

目で見る情報処理が苦手ということから、T君に探し物の件を尋ねると、意外な答えが返ってきた。探し物は得意だという。親がうっかり置き忘れたメガネや携帯電話、腕時計の置き場所をきちんと覚えていて即座にいい当てる。置き忘れた場所の記憶が静止画像のように鮮明に思い出せるようだった。

T君にいろいろ聞き出すと、図書館や本屋の本の並び方も瞬時に全部覚えてしまうが、刻々と変わる人の顔や表情は読めないのだという。瞬間、瞬間の静止画像的記憶は鮮明に覚えることができるものの、刻々と変化する人の表情は読めないのである。専門用語でいう相貌失認《そうぼうしつにん》という状態だ。T君は人の顔や表情が読めないため髪型や服装や身長、声の感じ、歩き方や動き方で人物像を特定しているとのことだった。

T君と新学期の教室に入れなかった理由についての以下のようなやりとりをした。

「中学時代、教室には入れなかった理由についてのことなのだけど、集団が苦手だったし、声やざわめきに敏感だったからだったのかな？」

「う〜ん、それもあるけど耳栓をして登校したこともあるし、それだけではなかったと思う……」

「何か入りづらい雰囲気というか違和感みたいなものがあったのかなー」

「う〜ん、クラスに入りづらい雰囲気というか違和感があったのかもしれない……」

「つまり、まわりはボクを受け入れてくれているのか、受け入れてくれないのかがわからない感じのような……人の表情が読めないから教室の雰囲気もわからなかったというか……」

「そうかもしれない……。中学時代の行けなかった理由はそれだったかもしれない。みんなの表情が分からなかったから入れなかったかもしれない……」

人の顔色や表情が読めないままクラスの中に入るということは、得体の知れない仮面舞踏会に連日参加を強いられるようなものだったのだろうか。人の表情は読めないのに、なぜいつもニコニコ顔をしているのといえば、人との無用な衝突を避けんがための予防策だったかもしれない。

T君によると、写真を見ても人の顔を特定出来ないという。「レントゲン写真だけで区別することができないのと同じですよ」と彼は言った。年の差のない妹二人についても顔だけでは見分けることはできない。しゃべり方や声の感じ、行動や仕草で判断しているという。一方、静止画像ともいうべき地図などは一瞬でおぼえてしまう。

T君は驚くべき聴力の持ち主でもあった。群衆のざわめきの中から特定の人の声を聞き分けることができるのだ。正月休みに家族旅行に東京に出かけた際、東京駅構内の本屋で立ち読みして、家族とはぐれてしまった。ごった返す雑踏の中で、T君は妹二人の話し声に意識を集中させ、声の方向へ向かうことで合流を果たせたという。家族どうしのひそひそ話も遠くから聞き分ける地獄耳の持ち主のため、家では警戒されているらしい。

街中を歩くときもおっかなそうな人の声のする方向をキャッチすると、そこを避けて通るし、夜の街を歩くときも人の気配を事前に察して、安全な距離をとって歩いているという。

T君にはさらにもう一つ驚きの技があった。彼は受診の度に鞄いっぱいに本を詰めてやってくる。訳を聞くと、待ち時間に読むためだという。中身を見せてもらうと若者向けの小説四冊、マンガ本一冊が入っていた。一冊の小説をほぼ一時間足らずで、読み切るので、大量の本を持ち歩いているとのことだった。新本なら一ページ三十秒から四十秒で読みこなし、内容も把握しているようなので、ためしに芥川龍之介の「トロッコ」の内容を聞いたらきちんと答えることができた。一日に二十冊前後を読みこなす、驚くべき速読の持ち主なのであった。

本屋の書棚に並ぶ書物の列を一度見ただけで覚えられるというから、「君は図書館に勤めたら間違いなく職場のエリートになれる」と冗談を交わしたこともあった。

受診のたびに、話の弾みでT君の秘められた能力が次々と明らかになった。そのつど、同伴する母親は後ろの席から身をのりだし、驚嘆のまなざしで「そんなこと、知りませんでした。初耳です……」とつぶやいていた。

四．対人恐怖を一気に乗り越えた若い女性の魔法の一手

Sさんは今年十九歳になる清楚な女性である。小学六年の春、大病をわずらい三か月間学校を休んだことからクラスになじめなくなり、不登校状態に陥った。きっかけはコミュニケーションの微妙なズレや行き違いからクラスメイトに嫌みを言われたり、冗談で絶交のポーズをとられてからかわれたり、いきなり後ろから背中を押されパニック状態になったなどの惨めな思い出があったからだという。

幼少の頃から大勢の人がいる所が苦手で、物音や人の声に敏感だった。特に後ろに人の気配があるとすごく気になり、しきりに後ろを振り向く癖があった。

中学時代になると、またいじめられはしないかという不安と担任の怒鳴り声に萎縮し、不安がつのって登校がきつくなった。中学二年になると寝つきの悪さも加わって、ほとんど登校出来なくなった。

Sさんには幼少期から発達障害の特性があった。音にすこぶる敏感だったこと、こだわりが強かったこと、極端な偏食だったこと、保育園にはなかなか慣れなかったことなどから発達障害が疑われ、検査を受けて、高機能自閉症の診断をうけた。

中学卒業後、通信高校に進学したものの対人不安はさらに昂じた。スクーリングに参加した際、まわりの子がクスクス笑っても「自分のことを笑っているのではないか」と勘ぐったり、街中を歩いても「自分の悪口を言っているのではないか」とおびえ、「自分はブスだ」という醜形恐怖に陥り、マスクをつけないと外出できなくなり、とうとう通信高校も中退せざるを得なかった。

そういう彼女ながら、対話を重ねる内に自己洞察を深めていった。

十八歳になってまもなく、別の通信高校に転籍し、韓国語の勉強を始めた関係で韓国人のネット友達もできた。

十九歳になったある日、突如彼女が髪型を整え、明るいオシャレな服を着こなし、薄いピンクの口紅をつけて外来に現れた。別人かと思わせるほど華やいだ雰囲気を漂わせ、身のこなしもどこか自信にあふれていた。お化粧したことで、これまで一人では行けなかった通信高校のスクーリングにも参加できたという。

あまりの急変に唖然とする私を前に彼女はこう言った。

「これまでまわりの雰囲気に押されていたが、今では派手な人にもあんまり怯えなくなった……」

母親の話では、化粧するようになってから急に変わり始めたという。化粧をし、おしゃれになり、自分に似合う服を着るようになってから自信が芽生えたのか、外出が増え、店に入っても店員と対等に話せるようになった。

韓国人の友達とメールでやりとりするうちにおしゃれやお化粧に興味を覚え、ネットで化粧法を学び、化粧道具を集め、思い切って化粧にチャレンジしたのだという。お化粧が女性を一変させる魔法のような力を持っていることを改めて知った。

五．IQ126天才少年の軌跡

Iさんは波乱の少年時代を送った二十歳の青年である。英語力を見込まれ、現在は外資系高級ホテルの客室係として働いている。その前は焼肉料理店の調理師をしていた。そこでは何種類もの料理を一挙に同時にやってのける能力を発揮し店主を驚かせた。さらにもう一つ前の仕事はペンキ屋のアルバイトだった。そこでも一目見ただけでペンキの色の配合具合を見極め、色の調合を一気にやってのける早業に店主は目を見張った。

焼肉屋もペンキ屋も仕事に飽きて本人の意思でやめた。本人は忘れっぽく、整理整頓が苦手で電気はつけっぱなし、水道は流しっぱなしという欠点はあったものの、どちらの店主もその才能に惚れ込み、再三引き留めたにもかかわらず辞めたのだという。外資系ホテルの面接でも高校の単位が足りないにもかかわらず、英語の堪能さを買われ高卒扱いで採用されていた。単位不足の理由は、高校三年の時、単位の足りない体育の補習授業に出かけたものの、肝心な体育着とシューズを忘れたため授業を受けられず落第したのだった。

Iさんは幼少期よりじっとするのが苦手で、絶えず動き回っていた。じっとしていられないため、医療機関への受診も困難だった。親戚の法事の場でも神妙にできず、はしゃぎ回っていた。好奇心旺盛で何ごとにも興味を示し動き回るので、買い物に出かけるとたいてい迷子センターの世話になった。

乳幼児期の成長経過も変わっていて生後七か月で伝い歩きし、九か月で歩き出し、一歳半でおしゃべりを始めた。人見知りはせず、母親と離れても平気な子だった。二歳の頃、「ママのポンポンの中でお手々パチパチしたらママ、ママ、イタイイタイと言っていた。暗かった……」と胎児期の記憶を思わせるようなことも言っていたという。

新しいもの好きで何にでも挑戦したがる癖があって小学校にも意気揚々と入学したものの、多動と忘れ物頻回で跳ね返された。授業中じっとできず、手足を絶えず揺り動かしていたので母親が担任に懇願して授業中何度もトイレへ行かせる形で多動のコントロールをはかった。当時は、発達障害への認識がなく、叱ってばかりいる母親の愛情不足、しつけ不足のせいとされ、親が責められる時代だった。

おしゃべりで物知りな上に気の弱い子にやさしかったため、まわりから好かれる人気者となった。ただ、ダメなことはダメで押し通す融通の利かないところもあり、ものごとをストレートに言って悶着を起こすこともあった。言ってみれば、夏目漱石の作品「坊っちゃん」のような子だったらしい。

小学四年の時から、不登校状態に陥った。物事をストレートに言う癖が災いして男性担任の板書の誤字を指摘したり、説明の矛盾を突いたりして生意気な子と思われたフシがある。それを契機にして忘れ物を理由にお楽しみ会への参加ができなくなり、授業中のからだ揺すりも禁じられた。これまで許されていた授業中のトイレ離席も認められなくなり、登校がしんどくなった。

二学期のある日、音楽の時間に隣の楽器部屋に魅せられ、中に入って楽器に触れているうちに授業開始のベルを聞き逃してしまった。そのため楽器部屋に鍵をかけられ、閉じ込められるというお仕置きを受けた。外へ出られずパニック状態に陥ったことがきっかけとなり、それ以降、登校できなくなった。

不登校を契機に教育機関や医療機関を訪ね回り、相談を受けた。その時初めて発達障害（高機能自閉症に併存するＡＤＨＤ）の診断を受けた。ＩＱは１２６もあると言われた。しかし、その後の彼の異才ぶり―五カ国語を独学で習得するなどの能力―を見るとＩＱはもっと高いように思われた。

幼少期にはげしく動き回っていながら、突如倒れ込むように寝入る、いきなりお腹をすかし、金切り声を上げて泣く、暑いとき、突然服のまま真水を浴びたりするなどの不思議な行動の意味もようやく理解出来た。

学校から何度も登校を促す働きかけがあったが、登校する意思を見せないので試みに英語塾に行かせたら喜んで行くようになった。英語はみるみる上達し、オーストラリア人の先生のなまりまで指摘できるまでになった。

中学に進学すると、決意も新たに登校を試みたが、授業中にからだを揺らすことを禁じられ、静粛さを求められた。登校三週目のテストで、解答を書き終えて席を立とうとしたが許されず、じっとしなければならないことがきっかけで再び登校出来なくなった。静粛不要、存分に体を動かせる午後の部活（バスケットボール、柔道）には連日参加できた。

好奇心旺盛で話題豊富なことから学友たちの人気者となり、授業には参加できなかったものの学校側の了解を得て中学三年の時には文化祭のリーダー役をつとめた。

不登校の時代、テレビで韓国のバラエティー番組を見て韓国語をマスターした。手話の本を一週間で読んで手話を使い始めたこともあった。ただ、飽きてしまうとすぐ忘れてしまうそうである。不思議なことに興味のあるものを読むときは手足をふるわせる癖はなくなるのだという。

波乱の少年時代を送ったIさんの挑戦は今も続いている……。

※症例提示にご同意し、ご協力いただいた当事者及び保護者に感謝します。

発達障害の子どもたち　二
―あるがままを認めプライドをはぐくむ―

一．昆虫博士

初夏のある日、小学校二年生のS君が母親に連れられ、気乗りのしない様子で診察室に現れた。

母親に受診理由を聞くと、勉強への意欲に乏しく、宿題をいくら促してもやらないという。

学校では発達特性を有する子として扱われているらしく、大目に見てくれてはいるものの母親には何ともどかしかった。不満げに語る母親に一言聞いてみた。

「ところで、S君の好きなものは何でしょうか」

「昆虫が好きです。いつも虫探しをしています」

そこで、浮かぬ顔のS君に語りかけた。

「昆虫好きなんだってね」「うん……」

と視線を伏せたままうなずく。

「そうか、虫が好きなんだ。セミも好きなの？」

「好きだよ」

とチラッとこちらを見上げた。

「ちょっと教えてほしいけどさぁ、今、盛んに鳴いているセミは何というセミなの？」

「ニイニイゼミだよ」「へ～そうか、ニイニイゼミか、このあと、どんなセミが鳴くのかな？」

「クマゼミが鳴くよ」

「ふ～ん、君はよく知っているね！　すごい！　チョウチョウも好き？」

「好きだよ」

「でもチョウチョはもともと毛虫だよね、毛虫も好きなの？」

「（ニヤッと笑い）チョウチョは青虫からなるよ。毛虫がなるのは蛾《が》……」

「蛾か、君はよく知っている！　すごい！　昆虫博士だ！」

S君は一瞬嬉しげな表情を見せた。

「ところで勉強は好き？」「（黙って首を振る）」

「勉強は必要だと思うの？」「（うなずく）……」

「勉強しようと思ってもわからないの？」「（うなずく）……」

「授業で先生の話を聞いて意味わかる?」「わからない……」

「何言っているかわからないの」「わからない……」

「話を聞こうとしても別のこと考えてしまうのかなー」「そうかも……」

「じゃ、家で宿題しようとしてもわからないからできないの?」「(うなずく)……」


改めてS君の特性について母親に聞くと、じっとするのが苦手、本読みも苦手。物忘れもひどく、集中力がない、音にも敏感。ただ、昆虫にだけは夢中になれるという。

母親には次のように説明した。授業の内容が把握できないため、帰宅して宿題をやろうにもやりようがない。宿題自体を忘れてしまっている。発達障害の可能性があるが、穏やかでおとなしいタイプのため通常学級の在籍になっているかもしれない。担任とよく相談して、支援学級の対象にならないかどうか相談してみてはと伝えた。


母親は最後にこうつぶやいた。

「学校の勉強がわからないなんて知りませんでした……」

二. ポケモンカード

小学四年生のM君の登場はすこぶる型破りだった。伸び放題の髪を逆立て、靴を履かず、裸足《はだし》のまま、母親と共に診察室に現れたからだ。

「M君、こんにちは、体大きい、力もありそう……。運動は好きかい？」と尋ねるが面倒くさそうに無言のまま椅子に座った。

「でもよく来てくれた。君はひょっとすると床屋さんが苦手なんじゃないかな？　髪を刈る時、頭や首のあたりがチクチクするとか……」と尋ねると、一瞬顔を上げ「うん」とうなずき、「頭にカンパチ（円形脱毛症）もあるし……」と答えた。

「なるほど床屋さんが苦手なんだ。靴や靴下をはくのも足がムズムズしてイヤじゃないのかな？」と聞くと、「うん、だから靴はイヤ……」とぽつりと答えた。

母親の話では、幼少の頃から発達障害の特徴を有し、抱くと反り返って泣く、場所や雰囲気が違うとぐずる、着衣の肌触りにもすごく敏感だったという。乳児期から人見知りせず、母の後追いもなく、一人遊びが多かったので共働きの母親にはかえって好都合だった。

しかし、保育園や幼稚園に入ると、乱暴な振る舞いが目立ち始めた。

小学校入学後もトラブルが頻発、学校から発達障害の可能性を指摘された。

ところが不思議なことに、小学三年生の時の担任との相性はよく、問題行動が激減した。担任から「イライラしているときはイライラ煙が立ちのぼってほかの子にもイライラがうつるから、そういう時は別のところで休もうね」と言われ、空き教室や図書館で休ませてもらっていた。

担任の上手な対応が功を奏し、問題行動がほとんど目立たなくなったため、特別支援学級への移籍も見送られた。

ところが、小学四年生になった途端、状況が一変した。イライラが目立ち、級友との衝突を繰り返すようになった。担任も対応をいろいろ変えていたようだがトラブルは続き、些細な事で癇癪を起こし、授業にも支障をきたすようになった。対応に苦慮した担任から、興奮を沈めるための薬の相談をしてはと進言され、受診したのだった。

M君の知能検査の結果はほぼ平均範囲内で知的の遅れはなく、注意欠如多動症（ADHD）を伴う高機能自閉症が考えられた。母親の話では小学三年生の時は勉強も順調で、友達も大勢でよく家に遊びに来ていたという。ところが四年生になって急にイライラが目立ちはじめたとのことだった。

一か月後、M君が裸足のままながらボサボサ髪を刈り上げ、丸坊主姿で診察室に現れた。手にポケモンカードをいっぱい抱え嬉しそうだ。

丸刈り姿になったことから、こちらの期待に応えて髪を刈ってきてくれたのかと喜んだら勘違いだった。ボサボサ髪にクラスメイトのシラミをうつされ、やむなく散髪に応じたとのことだった。

本人との対話はスムーズに進んだ。

「頑張って学校に行っているんだってね。えらいなー、今、学校では何が一番楽しい？」

「トイレ……」「えっ！　トイレ！　なぜ？」

「トイレでオシッコするとき」

「そうか……、トイレでホッとできるんだ。頑張っているんだ……」

「君は学校で怒りん坊になること知っている？」「知っている……」

「なおしたいの？」「なおしたい……」

「教室でおとなしくじっとして先生から怒られないようにしたいの？」「したい……」

「つらいよね、でも君はえらい、つらくてもこうして学校に行けているのだから」

「……」

M君は自分の苦手な部分についてきちんと自覚していた。じっとしているのが苦手、大勢の中にいるのも苦手、大きな音や、団体行動も苦手、靴や靴下を履くのもイヤ、漢字の書き取りも得意でない、忘れ物も多い、カッとなりやすいことなどきちんと自覚していた。自覚はしているもののコントロールできずに苦しんでいるようだった。

M君はよくなるものなら、苦い漢方薬も飲んでもよいとも言った。

本人にいったん、退出してもらい、母親と話し合った。

「M君は前の担任をすごく慕っていたと聞きましたが、今、前の担任について話すことはありますか」「ありません」

「M君の態度が急に変わったのは正確にはいつ頃からですか？」

「確か三年生の終了式前後からだと思います。春休み中も不安定でした」

「確認しますが、四年生の新学期の前から不安定になっていたんですね」「そうです……」

「前担任とのお別れの後からイライラが始まったのですか」「そうだと思います」

「前担任の話を何か話しましたか」「話していません」

「前担任をすごく慕っていましたよね」「慕っていました」

「お別れ会の後からイライラが始まったのですね……」「そうです」

「イライラ状態で新学期を迎えたわけですね」「そうだと思います……」

「今の担任はご自分のせいでイライラしていると思っておられませんか」

「そう思っているかもしれませんが、その辺はよくわかりません」

M君の急変の謎が解けたかに思えた。M君は大好きな先生への思慕の情を断ち切れず苦しんでいたのだ。前担任への思慕の念を処理できないまま新学期を迎えたことで、不安定な感情が一気に噴出したのだ。

通常、子育てを終えた母親が遭遇する「空の巣症候群」やペットの死で直面する「ペットロス症候群」では、当事者は強い抑鬱感情や悲哀の感情にとらわれやすい。しかし、子どもの場合、愛着対象との別れに遭遇したとき、抑鬱感情や悲哀感よりもイラツキや興奮という形で表面化しやすい。高機能自閉症にＡＤＨＤが併存するＭ君の場合、それが顕著に出ている可能性があると母親に説明した。担任は、そういう事情を知らず、イラつき、長髪や裸足で登校するＭ君の対応に苦慮している様子だった。

診療を終えるにあたりＭ君と再び言葉を交わした。「君はよく頑張っている。えらい！」と褒めてあげた。

診療を終え、Ｍ君母子が退出し、次の患者の電子カルテに目を通していると、Ｍ君がいきなり戻って来た。笑みを浮かべて両手いっぱいのポケモンカードを広げて見せ、「好きなのを取って！」と叫んだ。「ありがとう！」と言って一枚頂戴した。笑顔で退出したＭ君は再び駆け戻り「もう一枚上げる」とカードを差し出し、駆け抜けて行った。Ｍ君が表現しうる精一杯の好意のようだった。

以後、散髪をきちんとやり、靴を履くようになったＭ君との対話は続いている。ＡＤＨＤの薬の効果もあってＭ君は穏やかな学校生活を送っている。

三．口を開いた緘黙《かんもく》少年

Y君が場面緘黙症（選択性緘黙症）の疑いで受診したのは、小学三年生のときであった。

場面緘黙症とは家庭では普通にしゃべれるのに、学校や屋外では不安や緊張や過敏さなどから言葉が出なくなる状態をいう。

Y君は家で普通にしゃべっていたので、学校では全くしゃべれないとは思いもしなかった母親は、家庭訪問で担任から「Y君はおうちではお話ししますか」と聞かれびっくりした。そう言えば、友達からも「Y君、おうちで話すの？」と聞かれたことがあった。

家ではおしゃべりなY君が学校では笑うこともなく、休み時間も一人ぼっちで過ごしていることを知り、母親は愕然とした。事情を知らない別の先生が、しゃべれないY君を教壇の前に立たせ、何度も挨拶を強いたこともあったらしい。

のちの授業参観で、休み時間、乱暴な子に胸ぐらをつかまれ壁に押しつけられ「言ってみれ、言ってみれ」と発語を強いられる場面にも遭遇した。

受診を重ねるうちにY君には緘黙のほかに、自閉症の特性を有することが明らかになった。

幼少期は一人遊びが多く、水遊びや砂遊びに熱中し、公園など広い場所では同じ所を何回もくるくる回ったり、いきなりどこかへ突っ走って行方不明になったりした。

母親に自閉症と併存する場面緘黙症である可能性を伝え、心理検査で診断を確定した。

何度目かの診察の際、頃合いを見て、Y君にメッセージを伝えた。

「君はムリしてしゃべらなくていい。君は何も悪くない……。おそらく耳から入る音の神経とおしゃべりをする声の神経との間のスイッチがつながっていないためなのだと思う。君が悪いわけではない。両方のスイッチがつながってないだけなんだ。焦らなくていい。つながるのを待とう……」

受診を重ねるうち、緊張が和らぎ、こちらの冗談に笑顔をみせ、質問にも頷いて答えるようになった。

小学三年の三学期末、Y君に「好きな科目は何?」と聞いた時、Y君は母親の耳元に顔をよせ何やら耳打ちし、母親を介して答えようとした。その一瞬をとらえ、私も座ったまま二人の方に椅子を滑らせ、右手を耳に当て、おどけた格好でY君の声を聞き取ろうとする仕草をやってみせた。そのおどけぶりにY君が吹き出した。

以来、Y君が主治医の質問に答えようと母親に耳打ちするたびに、すかさず私も右手を耳にかざし椅子を滑らせる仕草をおもしろおかしく繰り返した。このおどけたやりとりがきっかけとなり、まじめモードがお笑いモードに変貌した。

それから一年たったある日、こちらの質問にうなずきや母親に耳打ちする形で応じていたY君が、思わず言葉を発するハプニングが起きた。

その日、診察室で母親が、Y君が今、パラパラ漫画の動画作りにはまっている旨を話していたところ、Y君がいきなり不機嫌そうに「はまってない！」と強い口調で言葉を発したのだ。意図せぬうっかり発言をきっかけに言葉が少しずつ出るようになった。受診のたびに会話は増え、返事までの応答時間も早まっていった。

こんなやりとりもできるようになった。

「デイケア（放課後児童デイケア）行っている？」「行っている」

「そこでは何している？」「宿題している」

「デイケアではピンポンもやっているの？」

「ピンポンって知らない……」（今の子にはピンポンのことを卓球と言わないと通じなかった。）

別の日に、

「鉄腕アトムって知っている？」

「知らないが教科書にあった。足から火を出している」

面白がるテレビ番組を母親に聞くと、チャップリンのパントマイムをあげた。なるほどとうなずけた。応答が進むうちに自己洞察を深める母子の会話も増えていった。あるとき、母親に「こうなったのは、埼玉にいたせい？」と聞いたという。自分のふがいなさの原因を幼少期を県外で過ごした転勤生活のせいではないかと思っているらしかった。

小学五年生になると、学校担任との相性がよいこともあって小声ながら言葉を交わせるようになった。言葉は交わせないもののクラスメイトとオセロをやれるようにもなった。

小学六年になると、母親と距離がおけるようになり、診察室に一人で入り、話せるようになった。「家では一人でいても苦にならない」「外出したいとは思わない」「人混みは苦手で落ち着かなくなる」「家ではユーチューブ見ることとマインクラフト（ブロックを用いて建造物を作りあげるゲームの一種）が好き」とも言った。

その日の診察の最後に私はY君にこうつけ加えた。「ここの病院には君のように人前ではうまくしゃべれない子がたくさん来ている。その中で君は一番先頭を走るトップランナーだ。多くの後輩にとって君は希望の星なのだ……」。Y君は嬉しげにうつむいた。

小学六年の秋、修学旅行に参加できた。和室の部屋に五人で寝たが、いびきのひどい子がいて全員ほとんど眠れなかったのに、当のいびき名人から「何で眠れなかったの?」と不思議がられた話を母親におもしろおかしく語ったという。

その際、母親は本人から驚くべき事実を聞いた。

Y君はクラスメイトの顔や表情が読めないのだという。髪型、背丈、声の調子、服装などで判別しているとのことだった。修学旅行の写真だけを見ても友人の顔を特定できないという。

そこでY君に聞いてみた。

「君は友達の顔を覚えるのが苦手と聞いたが、髪や頭を隠すとわからなくなるの」

「わからなくなる」

「話は変わるが、今、先生が話していることわかる?」「半分、わかる……」

「学校でも担任の先生の話もわからないの?」「半分、わかる……」

「友達の言葉は分かる?」「だいたいわかる」

「大勢の人がいる中にいると、人の話わかる?」「わからない」

「君がしゃべらないのは、言葉を発する神経回路が働かないことにあるが、相手の人の言葉の意味が分からないから言葉が出ないこともあるのかな?」「わからない……」

驚きの変化が起きていた。二年の間隔をおいて筆談を用いて行った知能検査の結果が境界領域から普通領域に大幅にアップしていたのだ。通常、知能検査の数値が二年で大幅にアップすることは考えにくい。人とのかかわりや体験学習を通じて、言葉による推理力・思考力・表現能力が大幅にアップしたからではないかと思われた。

中学進学を控えた小学六年の三学期末、卒業式で生徒各自が行う一言スピーチについて担任から母親に「誰かに代弁させますか？」の電話があった。Y君は母親に「自分でやる」と決意を固めた。卒業式当日の自己紹介のスピーチでY君は「……中学生になったら今まで以上にがんばる……」と、名前の部分は詰まって出なかったものの見事に言い切った。

事情を知った別の保護者から母親へ「すばらしかった」という賞賛のメッセージが送られた。

今、Y君は中学生として新たな一歩を踏み出している。

四.（番外編）暴れん坊クラス

最後に、発達障害のケースではないが、見方を変えることで不登校を克服できたケースを紹介したい。

小学六年生のA君が不登校の件で両親と共に受診したのは、予約して半年後の冬休み期間中であった。母親の話では、小学五年までは早寝早起きで元気に登校していたのに、小学六年のクラス替えの後、朝が起きにくくなり、登校をしぶるようになった。夏休み明け以降ほとんど登校出来ない状態が続いているという。

学年は三クラス編成で、一クラスだけに問題行動の子を集め、厳しい担任の元で授業が行なわれているらしい。仲のよい子らとはちりぢりになり、「なんで自分だけこのクラスに……」とつぶやいている。

父親に意見を聞くと、不登校は甘えやわがままではないかと思うのだが、厳しくしつけてよいかどうか相談に来たのだという。転勤族で四月には転勤になるのでせめて保健室登校でもいいから行ってほしいという気持ちのようだった。

その後、本人とこんなやりとりをした。

「学校楽しい?」「楽しくないです……」

「授業時間と休み時間どっちがきつい?」「休み時間です……」

「どうして?」

「大声で騒ぐ子や、ケンカをする子もいて教室中が騒々しい」

「仲のよい子はいないの?」「みな、別のクラスに移っていません」

「そうか、暴れん坊クラスに入れられたんだ。それはつらいねー」

「話せる子はいないの?」「全然……」

「そうか、つらいね……、クラスの中のおとなしい子たちはどうしている？」

「ただじっと我慢している感じです」

「落ち着いて勉強できる状況ではないわけだ……つらいよね」

そこで、こんな問いかけをした。

「暴れん坊たちに対して君はどんな気持ち？」

「わがままで自分勝手だと思う」

「確かにわがままだよなー、その気持ちわかるよ。ところで、そういう子たちは、どんな生い立ちだったのか知っている？」

「知りません」

「先生の経験からいうとね、多分、その子たちの多くは貧しく、つらい子ども時代を送っていたのではないかなー。お母さんが夜の仕事をしていて独りぼっちで帰りを待っていたとか、お父さんとお母さんの仲が悪くいつもケンカばかりしてビクビクしていたとか……。

そういう子どもたちは自分の本当の力の出し方を知らないし、それを発揮できるチャンスもなかったから乱暴な振る舞いで強がってみせているかもしれない。強がり過ぎて少年院に入れられる子だっているかもしれない。勉強も出来ないまま大人になるといい仕事を見つけにくいし、最後にはホームレスになる人だって出ないとは限らない。強がっていても本当はさみしいのではないかな……。みんながみんな、君達のように素敵なお父さんやお母さんがいるとは限らないのだ……」

それから二週後の一月中旬、父親と本人が予約日に合わせて受診してきた。

父親に状況を聞くと、「最近頑張って登校し始めています」と嬉しそうだ。

「どうして行けているのでしょう」

「四月には転勤になるので頑張っていると思います」

そのあと、本人とこんなやりとりをした。

「学校行けるようになったんだってね。すごいなー」

「どうして頑張れるようになったの」「暴れる子たちもつらかったんだという先生の話を聞いて……」

「そうか、その子たちもつらい思いをしているんだと思えたんだね。君はやさしいなー、えらい！」

「ぼくに話しかけてくる子も出てきたので行きやすくなった……」

乱暴な子たちの生い立ちに思いを寄せ、やさしいまなざしを向けたことで、乱暴な子たちが変わっていくことを実感したのであろう。

こういう介入法は部外者で第三者である医師がやったからこそ、通用したのかもしれない。当事者に近い親や教師がそういう介入をしても「操作しようとしている」というバイアスがかかり通用しなかったかもしれない。見方を変えると、相手も変わることを子ども自身が体験を通して学んだケースのように思えた。

発達障害の当事者がその現実を受け入れることは容易なことではない。現実をあるがままに受け入れるにはまわりの理解と支援が不可欠である。当事者を理解して寄り添い、プライドを如何にはぐくみ育てるかに焦点を当てて記述を試みた。

※症例提示に同意し、ご協力頂いた当事者及び保護者に感謝します。

発達障害の子どもたち　三

―二人の幼児と二人の女子高生―

一．写真

一歳六か月健診の会場で、奇声を上げる男の子がいた。保健師の相談項目には発語の遅れという記載があった。診察中もまわりをキョロキョロ見回し、落ち着きがない。母親の話では人見知りはせず、よちよち歩きでどこへでも向かうので目が離せないという。自閉症を疑わせる幼児である。

診察の際、母親とこんなやりとりをした。

「言葉があまり出ないと聞きましたが、どんな言葉が言えますか」

「クルマは言えます。車が大好きで『クウマ、クウマ』と言います」

「ほかには何か言えますか」

「祖父をジータンとは呼べます」

「ママやパパとは言わないのですか」「言いません」

「なぜでしょう」

「共働きのせいでしょうか。ただ、親の写真を見せて『誰？　誰？』と聞くと、『ママ、パパ』と言えるようになりました」

「ママ、パパの写真をみせるとママ、パパとは言えるけれども、目の前のお二人には『ママ、パパ』とは言わないのですね」

「そうです」

「日中は誰がみているのですか」

「祖父です」

「おじいちゃんは元気ですか、いつも遊んでくれていますか」

「ハイ、いつもふざけっこして遊んでくれます」

日中は車が好きな祖父とじゃれ合って育ったため、ジータンと車という言葉はいえるようになったがパパ、ママの言葉は出ない。焦った両親は写真を見せ「パパよ、ママよ」と教えたつもりだが、写真のパパ・ママはパターン認識で覚えてくれたものの現実の親の実像とは結びつかないようだった。

自閉症の中には、相貌失認《そうぼうしつにん》といって人の顔を認識できないタイプの人がいる。時々刻々と変化する顔の表情を認識できないのである。たとえ日々一緒に暮らしていても家族の顔すらおぼろげにしか見えないため、背丈や声、服や髪型などを通して人物を特定し、認識することだってある。風景や書棚のような静止画像の詳細を一瞬で覚える能力はあっても、時々刻々と変化する顔の表情は読み取れないというケースを実際に経験した。

この子の場合、相貌失認によるものというより、親子間の情緒的交流に問題があるように思えたので、親子の密な交流を勧めると共に自治体でのフォローや障害児対応が可能な保育園への通園を勧めた。

二．視線

ある日の保育園健診で、一列に並んだ幼児のひとりひとりに聴診器を当てておしゃべりしながら健診を進めていた。その中に一人、じっとできず、列をはみ出し動く男の子がいた。

保育士の話では、落ち着きがない、集団行動は苦手、指示が通りにくい、視線が合わない、衝動的なところがあるなど、発達障害を思わせる子なのだという。

その男の子の順番が来た。体を左右にくねらし、視線は泳いでいる。「お名前は？」ときくと、二度目の問いかけで機械的にポツリと答えた。「何歳ですか？」ときくと三度目に「シャンサイ（三歳）……」と小声で答えた。その間、視線は定まらない。

その子に向かってこんな言葉で話しかけた。「君はえらい！　よう頑張っている！きちんと並んでいてくれたね。いつも頑張っているんだなー。えらい！」。すると、その子、初めて、こちらに視線を向けた。診察が終わった後も動こうとせず見つめている。保育士に促されて次の子に変わるときも、立ち去りながらもチラッとこちらを見た。

この三歳半の子は、自分が人と違うことを自覚しているのだ。みんなと同じようにできない自分を自覚しているに違いない。わかっていながらできない自分のふがいなさを自覚しながら頑張っているのだ、と思った。「頑張っている」という言葉そのものの意味は分からなくても「自分をわかってくれている」という思いをくみ取ったに違いない。

自閉症の中には視線を合わすのが苦手の子もいる。

目で見る、耳で聞く、言葉で応じるという一連の動作は「見る・聞く・答える」という三つの動作が同時にできて初めて可能となる。自閉症の場合、目と耳の動きがうまく連動できないため、耳に意識を集中させると目がおろそかになる。逆に視線を合わそうとすると耳の方がおろそかになる。だから視線が泳いでしまうのだ。

一方、自閉症の子でも本人がすこぶる関心のある事柄に対しては耳と目の動きは完全に一致、連動する。ゲームやユーチューブを見る時のあの集中力と目の輝きがそれを物語っている。

三．辛苦の中を駆け抜けた少女

A子は波乱の少女時代を送った女子高校生である。彼女は幼少の頃から発達障害の特性を持っていた。おもちゃ並べに没頭する、音や味に敏感、偏食が激しいなどの特性があった。人の気持ちが読み取れず感情表現も苦手だった。

小学校入学当初、級友らが何を話しているのかわからず立ちすくんだ。事情を知らない母親は「言わなくてもわかっているでしょう！」と口をすっぱくして言っていた。小柄で寒がりで食が細く、下痢や嘔吐を繰り返し、三歳頃から喘息発作や肺炎などで入退院を繰り返した。病弱なため小学校時代の大半は登校できず、下肢に関節リュウマチ様症状が出没して歩行困難となり、車椅子で登校したこともあった。中学進学を前に自閉症の診断を受け、中学校は支援学級（情緒クラス）に通う手はずになっていた。

そんな彼女が初めて診察室を訪れたのは中学進学直前の三月末だった。腹痛でお腹を押さえ、顔をゆがめうめき声を発しながら診察室に現れた。胃腸虚弱で下痢しやすく極端な寒がりだったことから漢方薬をメインに対処した。学校ストレスが背景にありそうに思われたが、具体的要因はつかめなかった。

中学校へ入学した当初、症状は比較的安定し登校できたものの、登校二週目より再び下痢や腹痛が現れ、登校が困難となった。教室が三階にあったため、下肢に力が入らず階段を上がりきれないことも登校を困難にしていた。腹痛に我慢できず、早退を担任に申し出たところ、担任は気持ちの持ちようととらえたらしく、早退を認めてくれなかった。このことをきっかけに学校側と母親との間にぎくしゃくした関係が生じた。母親は甘え・わがままととらえられたことに憤慨していた。登校ストレスと感情的なもつれから学校を休んだA子は六月から出席扱いが可能なフリースクールに通い始めた。そこは、献身的で知られる女性が運営する学習施設であった。

中一の三月、A子ははじめて当院の女性心理士に自分の心の中に七人の友人がいることを告白した。七人は性格がそれぞれ違い、辛い時、悲しいとき、くやしいときに入れ替わり登場するのだと言う。そのことについて、叱られそうなので母親には黙っているという。

不安に襲われ、どうしようもないときに現れるおない年の女の子や、母親から厳しい叱声を浴びたときに現れ、一緒に泣いてくれる男の子もいた。困ったときに現れ悩みを解決してくれるお姉さんタイプの人もいてそれぞれが役割を担っているらしかった。

出現の経過や様子から見ると、人格が入れ替わり、別人に移行する多重人格障害（解離性同一性障害）というようなものではなく、想像上の人物と交流するイマジナリーコンパニオン（空想上の友達、以下、メンタルフレンドと略）と呼ばれるもののようだった。厳しい現実と向き合うのがきつく、想像の世界の友達と語らうことでつらさを乗り越えようとする心理機制のように思われた。

四か月後、本人の了解を得て、母親にメンタルフレンドの件を告げた。母親はうすうす気づいていたようだった。小さい頃からブツブツ独り言を繰り返していて、時々対話口調になっていたという。

幼少期、一人親家庭で仕事との両立に苦労する母親は、言葉がスムーズに通じない我が子を強く叱ったり、叩いたりしていたと反省の弁を述べていた。「私が一番怖かったかも……」とうっすら涙を浮かべることもあった。

中学二年になる直前の四月、悲劇が起きた。なじみ慕っていたフリースクールの女性施設長が殺害されるという事件が起きたのだ。A子は終日落ち込んで部屋にこもって泣いた。その際現れたメンタルフレンドの一人は左腕をリストカットしていた。

A子はまもなく再開されたフリースクールに再び通いはじめた。

中二の秋、母親に反抗する出来事が起きた。高校進学を控え、焦る母親はせめて修学旅行だけでも参加させようと説得したが、彼女は頑として受け入れなかった。母親と「行く、行かない」を繰り返す中、A子自身がインフルエンザに罹患し結果的に行かずに済んだ。このことが契機となり、自己主張を口にするようになった。次第に反抗的になり、母親から「高校どうするの？」と聞かれても、「いいから、黙ってて！」と反発した。母子げんかで一週間、口をきかないので母自身が「言い過ぎた」と折れたこともあった。

自己主張を始めた娘に困惑する母親に、自己主張の大切さを伝え、親を恐れず言い返せてこそ、仲間とも対等に言い合えるようになると伝え、母親を励まし続けた。

中学二年の二月、学校からの働きかけもあり、初めてパソコン教室に参加できた。もともとパソコン操作と絵画は得意だったからすんなり行くことが出来た。以来、担任とのやりとりを通じ「学校に行く」と決断し、週一、二回のペースで登校を開始した。

中三の新学期を前に、決意を語るかのようにアニメのキャラクター人形を胸にぶら下げ、オシャレな服装で外来に現れた。パソコンやIT技術を活かせる工業高校の受験を決意し、内申を意識し学校復帰を決めたという。

しかし新学期を迎え、通常学級への復帰にチャレンジしたものの、男子生徒から「今頃、来てどうするの？」「何でフリースクールに行かないの？」と、心ないからかいを受け頓挫した。情緒学級に籍はあるものの、中一時代の感情的しこりが残っていて行けない、知的学級では授業レベルが低過ぎると、A子は途方にくれた。学校側は特段の配慮を行い、個室をあてがってくれた。

しかし、個室学習では高校入試に必要な内申の評価の対象にはならないこともあり、独りぼっちの個別学習はすこぶるつらいものだった。無理な登校を続けているうちに様々な身体症状が出るようになった。胃痛、頭痛、めまい、吐き気が顕著になり、生理痛も猛烈を極め、わずか三か月で体重が二kgも減少した。学校担任も心配し、そんなに無理して登校しなくていいのではと言ったほどだった。

そんな中、頻繁に腹痛を繰り返し、ついには吐血するに至った。診察の結果、胃潰瘍が判明した。夏休みの休養を得て、A子は決意を固め、休み明けを契機に通常学級への復帰を試みた。やせ細って通常学級にもどったA子をクラス仲間は温かく迎えてくれた。必死の思いで個室学習に向かう痛々しさに感銘を受けたかもしれない。

通常学級に戻ってからA子の激しい症状はウソのように和らいでいった。学習は順調に進み、学業成績も上がり始めた。復帰してまもなく、A子は社会科のグループ学習でパソコンのパワーポイントを使いこなした発表を行い、クラス仲間から喝采を浴びた。

A子は得意のパソコンを活かせる工業高校をめざし、懸命に勉強に取り組んだ。

中学三年の一月、電子情報システムのある工業高校を受験目標と定め、診断書を提出した。

添付の診断書には自閉スペクトラム症の診断名をつけ、下記の一文を書き添えた。

「……中三の夏休み明けからは、高校受験を強く意識、自ら普通学級に戻る決断をし、実行しています。心ないクラス仲間から変な服を着せられて写真を撮られ、それをラインで拡散されるなどとからかわれたこともあったものの学校側の対応で乗り越えることができました。

中三の十月頃からは、体力が回復、登校も安定しています。

小学校時代から、ほとんど学校へ行けない状況にありながら、独学で勉強し学力を維持しています。学習意欲は高く、将来に夢を託し頑張っております……」

A子は無事志望校の電子システム科に合格した。中位の成績だったという。面接でいじめの件も聞かれたという。

彼女は、高校では演劇部に入りたいと夢を語った。幼少期から独り言が多く、七人のメンタルフレンドと交わすやりとりが演劇への夢を育んだのかもしれない。

不思議なことに、高校に入ってから身体症状は全くなくなった。前年夏の地獄のような苦しみがウソのようだった。高校生活が充実するにつれ、メンタルフレンドも七人から、夏休み前には三人にまで減っていた。

小学校時代は果たせなかった体育の授業にも全て参加できるようになった。男子生徒に混じってバスケットボールやドッジボールをできるようになった。水泳で二〇〇mを泳ぎ切ることもできた。

高一初夏、驚嘆すべき出来事があった。ITパスポートという難関のパソコンの国家試験に一発合格を果たしたのだ。一年生での合格者は開校以来とあって、学校側も驚いた。同じ高一の夏、県内高等学校の意見発表会では学校代表に選ばれ優良賞に輝いた。

今は、仲間らとロボットのプログラミングに取り組んでいる。

幼少期、親やまわりとのコミュニケーションがうまく取れず、そのストレスから下痢や嘔吐や感染症を繰り返し、喘息や肺炎で入退院を反復し、小中学校の大半を休み、車椅子で通ったこともあるA子は高校入学を契機に一変した。あるがままを受け入れられ、自己の存在価値を見出し得たとき、人は一変することをあらためて知った。

彼女は今、「将来は体が不自由な子たちでも遊べるようなゲームソフトをつくりたい」と夢を語っている。

四．沖縄のトットちゃん

中学二年時に受診したB子との出会いは初っぱなから型破りだった。

彼女はニコニコ顔で着座し、両膝を左右に小刻みに震わせながら質問に応じた。

「夏休み楽しかった？」「楽しかったよ！」

「嬉しそうね、今日は何か、いいことがあったの？」

と聞くと、「あったよ！　今日、学校で『枕草子』を朗読しました」と答えた。

「へ～どんな風に？　ちょっと聞かせて」と頼むと、即座に立ち上がって教科書を広げ、「春はあけぼの。やうやう白くなりゆく山際……」と、その一節を身振り手ぶりよろしく抑揚をつけ、声高らかに朗読してみせた。この朗読がクラスでも大受けしたらしい。

　母親によれば、小さい頃は外では一言もしゃべらず、保育園でも場面緘黙（家庭では普通にしゃべれるのに、他人の前ではしゃべれなくなる状態）の指摘を受けていたという。

　ところが、小学四年生の時、志村けんのお笑いDVDを見て一変した。志村のキャラクターをおもしろおかしく演じて大受けし、学校で一躍人気者になった。すっかりその気になったB子は下級生の教室を回ってお笑いを振りまくので、恥ずかしくなった妹が自分のクラスへの入室を両手を広げて拒む場面もあったらしい。

　明るくてひょうきん、物怖じしない性格のため、ツッパリ中学生に絡まれた時も

「制服の袖のシミ取れないの？」と逆質問をしてはぐらかした。タバコを吸う中学生にも、「お墓準備している？　そろそろ葬式だよ」と言って母親を慌てさせた。外国人観光客に出会うと、習いたての英語で「I　am　hungry」を繰り返した。診察を重ねるうち、「先生の頭、見ると、タコ焼き食べたくなる」などとふざけてきた。「君は即興のお笑い芸人になれる。吉本の芸人を目指したら？」と言い返してやった。

彼女は、自閉スペクトラム症とADHD（注意欠如多動症）の特性を持っていたため、物忘れがひどかった。クラスメイトと口げんかし、「絶交」と言われても翌朝はケロリと忘れ、語りかけてくるので、相手方は拍子抜けした。

休み時間にトイレに行き、帰りに自分の教室がどこか分からず途方にくれたこともある。家で電話を受けても話の内容が分からず何度も聞き返すので相手方から電話を切られたりした。電話を受けつつメモを取らせると、聞くこととメモを取るという二つの動作が同時にできずちんぷんかんぷんの応答になった。

母親がメモを用意して買い物に行かせたら、メモそのものをなくしてしまった上に、帰りも遅かった。待ちくたびれた母親が「どこで道草食ってきたの！」と叱ったら、「道の草なんか食べてないよ」と答えた。「そんな調子だから、私も怒れないのですよ……」と母親は苦笑する。忘れ癖とは別に、言葉のやりとりを字句通りに解釈する癖もあり、母親の悩みは尽きなかった。

その一方、B子は大の読書好きだ。日に四、五冊、週に何十冊も読みこなす。しかし、読んでも内容を忘れることが多いので同じ本を何回も読み返すこともある。ただ、感動した本は母親の袖をつかまえ止めどもなく感想を述べるので忘れなくて済むらしい。外来で朗読した枕草子のように、興味のある小説の主人公のセリフを朗読させると、プロ並の朗読をして見せてくれた。

母親がB子の学力の異変に気づいたのは小学四年の時だった。学習面の遅れ、忘れ物の多さを担任から指摘され、教育委員会の検査を受けたところ、発達障害の可能性を指摘された。

小学五年生の時は、担任と相性がよく、個別指導をも受けたこともあって勉強にも力が入り、母親も遅れを取り戻そうと勉強を手伝った。

ところが、小学六年生になり次々と異変が出始めた。勉強のわからぬまま登校しているうちに猛烈な過食が始まり、体重が一気に一〇kg近く増えた。登校の日だけ異常に食欲が増し、給食も待てないくらいの大食いになるが、休みの日は普段の食欲に戻った。

登校を続けるうちに、激しい耳痛と耳鳴りを訴えるようにもなった。視力もみるみる悪化していった。これらの訴えが、登校日にひどくなることから登校ストレスに起因していることは明らかだった。

中学生になると耳鳴りや耳痛、視力低下はますますひどくなったため、耳鼻科や眼科、精神科や脳外科などあちこちまわり大学病院まで受診したものの原因は不明、検査上は異常なしと言われた。受診先でも深刻な訴えにもかかわらず、明るくひょうきんに振る舞うのでおふざけととらえられた可能性もある。

好きな読書も眼前数センチ以内に本を近づけ、極度の前屈み姿勢で読むので耳痛や肩こり、頭痛がひどくなった。

本人の話では、人の顔もおぼろげにしか見えないという。まわりがぼやけ、授業中にも黒板が全く見えないのでノートに好きな絵を描いてヒマつぶしをしているようだった。

それでもB子は学校を休まなかった。勉強は苦手でも、明るくひょうきんでクラス仲間と笑い合える雰囲気が持てたからだった。ほぼ全教科が苦手となり成績も急落し、美術と体育だけが楽しみとなった。

受診から半年後の中学二年三月、不注意や忘れ癖、落ち着きのなさ、おしゃべり、多動を目安にＡＤＨＤの薬物療法を開始した。

服用から二週後、驚くべき変化が起きた。診察室に入るや否や、「先生の顔がよく見える！」と口走った。学校でも先生の顔が初めてよく見えたと嬉しそうに語る。これまで担任の顔も黒板も緑色にぼやける形でしか見えなかったという。夕方になると再びぼやけるというから薬の効果が切れるせいかもしれない。「カレンダーを見られるようになったし、テレビの番組案内も見える」と嬉しそうだ。本も顔から離して読めるようになった。

嬉しいことに、学校でのおしゃべりも減り、提出物の忘れ癖も減った。学習にも力が入り、成績も少しずつアップしていった。しかし、三か月たつと、再び人の顔がぼやけ見えにくくなったと言いだした。そこで薬の増量をはかったところ、吐き気と激しい腹痛で朝起きられなくなったので、やむなく現状維持に戻した。

視力については専門の眼科医を探し当て、治療を続けた。眼科的な診断名は近視性乱視調節緊張症とのことだった。不思議なのは、視力の急激な変動だ。視力低下から三か月後、再び視力が一気に回復し、「先生の顔、よく見える！」と言った。母親の話では、証明写真を撮る際、三十秒もじっとできず、写真屋さんが「ここを見て」と言ってもなかなか目線を合わせることができなかった。勝手な想像だが、集中して見ようとすると却って視線が揺らぎ見にくくなるのではないか、と考え、ムキになって集中して見ようとせず、漫然と遠くを見るように助言したこともある。その後も視力の変動はあったものの、黒板の文字や教科書の文字が見えるようになり、クラスでのおしゃべりも減り、置き忘れも少なくなり、忘れ物対策のメモ書きができるようになった。

不得意科目が多い中、得意な絵画・工作の教科で貝殻を組み合わせて独特なタッチで見事な工芸品を作ってみせた。首里城の絵を描き上げ「首里城を絵にしてみたけど、海に沈めて竜宮城にした」などと奇抜な発想を口にしたこともある。絵を描く場合、両手に筆を持ち左右に自在に描くので「まるでカニみたいです」と母親は言っていた。ハシも鉛筆も利き手がなく、どちらでも器用に使いこなせるという。

中学三年の秋、高校の志望校がようやく決まった。目標ができて、受験に向けがむしゃらに勉強を始めたこともあり、目の痛み、頭痛、肩こり、生理痛に悩む中、受験勉強に本腰を入れた。

十一月半ばから、受験勉強と並行して志望校の面接対策にも力を入れた。忘れ癖のハンディ対策として長所を強調し、短所については最小限にし、質問をさらりと交わす模範解答用の練習帳を作成し、連日のように口ずさんだ。

「この学校の選択は誰と決めましたか」「母と決めました」

「長所と短所は何ですか」「長所は部屋の掃除と片付けです。短所は忘れっぽいことです」

「趣味は何ですか」「趣味は読書と散歩です。特技はソロバン準二段を持っています」

「将来の夢は何ですか」「パン屋さんです。おいしいパンを作ってお客さんを笑顔に

ます」

したいです」

「普通校と特別支援学校との違いは何ですか」「支援校では教師が丁寧に教えてくれます」

「お手伝いは何ができますか」「皿洗いやガスコンロ磨き、お米たき、トイレ掃除、部屋の掃除です」

猛勉強からくるストレス性の頭痛、肩こり、目の痛みに苦しみながら、連日面接用の練習帳を持ち歩き、反復練習を重ねた。

高校入試を終えた一月末、B子が「先生、合格しました！」とVサインをかざして診察室に現れた。嬉しそうに語るB子に面接内容を聞いてみると、繰り返し覚えた応答問答集からかけ離れた問答になったらしかった。結果的に長所を省き、短所を強調する問答になってしまったらしいのだ。

「あなたの長所、短所は何ですか」

「私の長所は部屋の片づけです。短所は忘れっぽいことです。教科書や体育着などすぐ忘れるので、それを乗り越えるために手にメモ書きして、頑張りました」

「あぁ、手の平に書いたんですね」

「中学校で頑張ったことありますか」

「勉強です。忘れっぽいのでがんばりました」

「そうですか、努力したのですね」

質疑応答がエスカレートし、つい、逆質問をしてしまった。

「先生、お聞きしたいことがあります」

「何ですか」

「入学できたらアルバイトしてもいいですか」

「なぜですか」

「人とのコミュニケーションを高め、将来に役立てたいからです」

「こういう逆質問は初めてです……」

面接終了後、校庭に集まった保護者達の前で、B子がおもしろおかしく面接内容を語る姿を見た他校の中学校教師が「逆質問なんて初めてだ！　こんな子、見たことない！　まるでトットちゃんみたいだ！　天才少女だ！」と叫んだという。

そういえば、B子のお母さんだって、失敗を笑い飛ばすあたり、トットのお母さんのようなおおらかさがある……、と私もそう踏んでいる。

診察室で母親は、こうも話していた。

「この子はウソはつけないので、つい本当のことを言ってしまうのです。今回の面接も苦手なことを言わないようノートを作成して反復練習していたのに、本番では忘れっぽさを強調する面接になってしまいました。話が弾むと、どんどんエスカレートするのでいつもハラハラさせられます……」

高校受験後、ＩＱ検査を行ったところ、中学一年の最悪の体調の時に受けたＩＱ検査より大幅にアップしていた。

沖縄のトットちゃんは今、新たに高校生活にチャレンジを始めたばかりだ。

※症例提示に同意された当事者（高校生）及び保護者に感謝します。

金属バット息子殺害事件 ―もう一つの真実―

一九九六年十一月、中学三年生の息子を、父親が金属バットで殺害した事件があった。温厚な父親が息子の激しい家庭内暴力に堪えかね、殺害した事件である。

この事件に関してノンフィクション作家、吉岡忍氏が「文藝春秋」一九九八年一月号に「父親の真実―金属バット殺人事件―」というタイトルで事件の本質に迫ることの難しさを次のように述べている。

真実は一つ、だろうか。一つの出来事に百人が関われば、百通りの受け止め方がある。それは、百の真実があるというに等しい。その相違が一人のちがいを、個性をつくり出す積み石になると言ってもよい。まして殺人事件となれば、加害者から見た真実と被害者から見た真実とのあいだには目もくらむほどの深く、暗い河があり得るだろう。

夫婦仲のよい穏やかな家庭でどうしてこのような事件が起きたのか、親の育て方のどこに問題があったのか、小児科医の私にとってこの事件は背景のつかめぬ謎の事件であった。

ところが今になって、視点を変えてこの事件をとらえなおすことが出来ないか、という思いにかられるようになった。この事件をあらためて振り返ってみる。

事件の概要

事件当時の家族は、父親（当時五十二歳）、母親（五十一歳）、長女（短大生十九歳）、被害者の長男Ａ（当時十四歳中学三年生・以下Ａと略）の四人家族。

Ａは、過敏な子で、頑固な登校しぶりはあったものの、小学校六年間を無欠席で通した。父親にもよくなついた。

しかし中学入学後、部活動になじめないこともあって、登校がますます苦痛になり、引っ越しを口にするようになった。あるとき、母親に「高いビルから飛び降りたら死ねるんだよね」と真顔で言ったこともある。

中一の秋、登校日になかなか起きてこないＡを母親が起こしにいくと、不機嫌な顔で起き上がりいきなり母親を殴りつけた。以後、三日に一度は起き上がりざま母親を殴ってから登校するようになった。夕方うたた寝してテレビ番組を見逃したことで母親に激しく詰め寄り、押し倒して頭を踏みつけ母親の前歯を折ったこともあった。

翌年一月、暴力は父親にも及んだ。父親にプロレスのチケット券二枚（自分と父親の分）の購入を頼んだ。しかし並びの席が取れなかったことからAは逆上し、父親を殴った。

障害関係の出版に関わっていた父親は、「息子の暴力の背後に学校生活への不安や苦しみがある。そのつらい気持ちを受け止めねば……」と考え、抵抗しなかった。

二週後、AはX JAPANのメンバーが被っている赤い帽子を欲しがった。父親は何とか金を工面し買いに行ったが、閉店で買えなかった。訳を聞いた息子の目が細まり、拳が唸った。

中学二年の二学期、ついに登校できなくなった。小学一年生から続いた皆勤記録はここでストップした。不登校になると、昼間からビデオを見るようになった。プロレスのビデオの録画予約は父親の役目となった。

公判で父親は「息子は神経質でした。録画一分前からスイッチを入れ、きちっと録ることを要求しました。一度使ったテープがダメで、いつも新品を四、五本準備しなければなりませんでした。録り終わると、きちんと巻き戻しておくことを要求されました」と語っている。

母親に対しても暴力は続いた。「一分間でオニギリを買ってこい」と商品名を書いたメモを渡した。製品がなく、代わりの物を母親が買ってくると「違うじゃないか」

とオニギリを床に叩きつけ踏みつけた。

家庭内暴力が始まってまもなく、両親は東京都内の思春期専門の精神科クリニックへ月に一、二回のペースで通った。そこでも「暴力で返してはいけない。土下座するのも一つの技術ですよ。刺激を与えてはいけない」と言われ、無抵抗を押し通した。しかし暴力は日常化した。テレビ番組の録画、洋服の買い走り、ビデオショップやコンビニへの使い走りをさせられながら両親は暴力に耐えた。

法廷で父親は証言した。「息子は、二年間、暴力を振るい続けることによって、暴力に慣れ、暴力にのめり込んでいきました。そして、私のほうも暴力を受け続ける中で、自分の中の何かが少しずつ変わっていったと思います。私が息子に抱いていた気持ちは、(最後の段階では）モノに近いものだったように思います」。

一九九八年十一月六日朝、父親は軍手をはめ、縄跳びのロープを持ち、金属バットを握りしめAの部屋に入った。父親は、寝ているAの後頭部を金属バットで数回殴り、三分間縄で首を絞めて殺害した。その後、放心状態のまま自首した。

新聞報道は公判の模様を次のように伝えた（読売97・3・18)。

弁護側は、「繰り返される暴力で、極度の緊張、睡眠不足、肉体的苦痛が重なり、持病のうつ病もあって選択肢を失った」「父親は精神科医から『暴力に立ち向かえば、もっと激しい暴力を引き出す』と無抵抗を指示されたこと、『子どもの暴力は親の責任。暴力を受けとめ、殴られ続けられることが子どもを守る道だ』と考えていた」などと訴えた。

東京地裁の判決の新聞の見出しは次の通りであった（読売98・4・17）。

一面トップ「金属バットで長男殺害『父親に懲役三年の実刑』」「努力の余地あった」「動機は同情」。社会面「金属バット殺人実刑判決『なぜ暴力、見えぬまま』」「うずくまる被告席の父、目閉じ聞き入る妻、長女」「悲劇の背景踏み込めず」。

父親は、「減刑も執行猶予も求める気持ちありません」と法廷できっぱり応え、実刑に服した（読売夕刊98・4・17）。

事件の背景

事件の背景について、家族病理の第一人者である高名な精神科医は、父性が発揮できない母性化した社会に問題があると指摘をした。

しかし、そういう家庭はざらにあるし、父親が非暴力に徹し、まわりに助けを求めなかったにしても、夫婦仲がよく、穏やかで受容的な両親のもとで、どうしてこれほどの怒りや暴力が引き起こされたのかという疑問が残った。

現に、減刑嘆願の署名運動があったにもかかわらず、刑の軽減を求めず、実刑を受け入れた態度に父性の強さすら感じる。

父親は、終戦前年一九四四年九月に四国の小さな集落の農家で生まれた。温厚でまじめでけんかひとつしたことのない本好きな少年だった。一浪して東大理科一類に合格したものの進路選択で悩み、文学部に転部した。卒業後、社会科学系の中堅出版会社に就職。教育関係の仕事に関わり、とくに障害児教育の本の編集にあたっていた。

父親の職場の評価について新聞報道は、「物静かで誰からでも好かれた」「明るく率直、威張らない人」。父親の後輩の声として「多分、殺害が初めての暴力ではなかったでしょうか」などと伝えている。

妻は公判の中で「夫はつらい拘置所の中にいるのに太ってきました。つらい拘置所の中にいるのに柔らかな顔になったんです」と証言し、長男との苦渋の日々を暗に訴えた。

ここ数年、私はこの事件の背景を示唆するキーワードはAの生い立ちにあるのではないかと思うようになった。過敏でこだわりの強い生育歴に、今、社会問題となっている広汎性発達障害の影を見るからである。

発達障害

広汎性発達障害とは、自閉症の特徴を有し、一方的な対人行動、言葉の遅れなどのコミュニケーション障害、想像力の障害、興味・活動の限定、特定の事柄へのこだわり・執着性を特徴とするものである。

発達障害の原因としては、脳の発育・発達が、何らかの理由で損なわれ、言葉、社会性、協調運動、感情や情緒のコントロールが、不完全になるためにおこると考えられている。

すなわち、発達障害は心に由来するものではなく、脳の発達の偏りやアンバランスさに由来するというのである。

広汎性発達障害のうち、知的な遅れがなく、言葉の障害が軽いアスペルガー症候群についてその特徴をあげると、視点を合わせ、表情豊かに交流するのが苦手で、態度や表情から相手の気持ちを察し、その場の空気や雰囲気を上手に読み取れない。会話が一方通行的で、裏にある言葉の意味や真意が理解できず、ユーモアや比喩が伝わりにくい。

興味や関心にかたよりがあり、特定の物事に熱中しやすい。たとえば、車、電車、飛行機、ロボット、気象、歴史、宇宙、昆虫、恐竜などについてカタログ的な知識の収集に没頭する。自分の興味の分野については、驚異的な記憶力を示す人もいる。

手順、順番にこだわり、その通りいかないと不安定になる。ルールやきまりごとに執着し、特定のメーカーの食品にこだわるなど融通のなさがみられる。感覚（聴覚、触覚、味覚、嗅覚など）が鋭敏であったり、鈍かったりする。感覚が普通の人と違うため、集団の中にいると、人のざわめきや動きが頭の中で錯綜し、耐え難い感覚に襲われたりする。

ただし、これらの特徴をすべて有する典型例より一部の特徴が目立つケースの方が多く、健常者と見分けがつきにくい。たとえ障害があっても日常生活に支障がなければ、問題はないわけで、障害という概念でとらえる必要はないといわれる。成績優秀な発達障害の場合、成績の良さで欠点がカバーされるため、かえって発見が遅れ、二次障害をきたす可能性もある。

発達障害が注目を浴びたのは、理解しがたい青少年の事件が多発したこととも関係がある。過去十年間で発生した理解しがたい青少年の事件のうち発達障害との関与が指摘されているケースをあげると、豊川主婦殺人事件（二〇〇〇年五月）、岡山金属バット母親殺害事件（二〇〇〇年六月）、長崎男児誘拐殺人事件（二〇〇三年七月）、佐世保小6女児同級生殺害事件（二〇〇四年六月）、奈良高一母子放火殺人事件（二〇〇六年六月）などがある。

とりわけ衝撃的な事件として記憶に残るのは、一九九九年七月全日空61便ハイジャック事件である。「機長刺殺しハイジャックしたジャンボで6分間操縦」「地上二〇〇mまで落下！」の新聞報道の見出しが踊った事件である（読売新聞99・7・22）。

犯人は、二十八歳の航空マニア青年でアスペルガー症候群だとされ、一部で実名報道までされた。

これらの報道から少年犯罪とアスペルガー症候群の関連性が注目されるようになった。

しかし、発達障害が直接事件とつながっているわけではない。

岩波（明）によるとアスペルガー症候群、広汎性発達障害と診断された少年犯罪には明らかな誤診や過剰診断が多いという。「人を殺してみたかった」と証言した豊川主婦殺人事件におけるアスペルガー症候群の診断名に疑問を抱き、精神鑑定の不備を指摘している。佐世保小6女児同級生殺害事件（二〇〇四年六月）についても小学六年生の加害者の少女について家裁のアスペルガー症候群の鑑定結果に疑問を示し、診断基準に当てはまらず、家庭的にめぐまれず父親から受けた虐待やネグレクトとの関係性を指摘している。

奈良高一母子放火殺人事件（二〇〇六年六月）について報道内容を見ると、暴力的な父親から要求通りの成績を取らないと激しい暴力にさらされ、学校だけが息抜きの場所だったという本人の証言が記されている。

全日空61便ハイジャック事件についてアスペルガー症候群とのからみでセンセーショナルに実名報道されたが一審の初回の精神鑑定はアスペルガー障害とされたもの

の、自殺企図や入院歴もあったことから二度目の精神鑑定では精神障害に変わっている。

発達障害が事件を引き起こすのではなく、障害に対する無知・無理解、対応の遅れ、障害ゆえに受けるさまざまな被害体験、対人関係の困難さ、他者に相談するすべを知らない孤立感が事件に巻き込まれる素地となりやすい。特に虐待体験は深刻な結果を生みやすい。

発達障害の早期の発見、早期対応が望まれるゆえんである。まわりの理解や対応が遅れた場合、不登校、非行、不安障害、うつ病、各種依存症など二次的に心の問題を惹起しやすい。

私自身、これまで小児科医の立場から数多くの不登校のケースを見てきた。その中には、家庭環境、親子関係、学校との問題だけでは、説明のつかないケースが数多くあった。ちょっと変わった印象を受けるため、いじめにあう子、知能指数が120を超す能力を持ちながら不登校で苦しむ高校生など、今思えば、発達障害という視点でとらえるべきケースであった。

発達障害の中には優れた能力を発揮して世界的業績を残した人も多い。音楽家のベートーヴェンやモーツァルト、科学者のエジソン、アインシュタイン、ダ・ヴィンチ、画家のピカソ、ダリなど天才的人物が多数あげられている。

二〇〇二年ノーベル経済学賞を受けたたバーノン・スミス（米）もアスペルガー症候群であることを自ら告白した。ウォルト・ディズニー、自動車王ヘンリー・フォード、俳優のトム・クルーズらは学習障害の一つである読字障害だといわれている。

国は、二〇〇三年の全国調査で知的レベルの高い発達障害（軽度発達障害）の頻度が6・3％という驚くべき高値の調査結果を公表し、発達障害者に対する支援強化策をうち出した。発達障害者支援法（二〇〇五年）、障害者自立支援法（二〇〇六年）、学校教育法改正（二〇〇六年）、特別支援教育の推進（二〇〇七年）と次々と施策を実施し、乳幼児からの早期発見、早期支援の体制の確立を急いでいる。

生い立ちが物語るもの

さて、本論に戻りたい。

Aは過敏で臆病な子だった。共働きのため、生後三か月から近所の保育園に預けられた。保育園をいやがり、朝から晩まで髪をかきむしって泣いていた。離乳食も慣れ親しんだ保母でないと受け付けなかった。環境に敏感で、保母から「こんな子は初めて」と言われた。

保育園の夏祭りで他の子が金魚をもらって喜んで帰っても「お魚が死んじゃうからイヤだ」と言ってもらわなかった。デパートの風船も「飛んでいくのが恐い」と手を出さない。お絵描きの時も頭の中のイメージと手の動きが違うと言っては泣いた。小学校入学の時も、名札が一文字違っていたといって泣き、入学式の間もずっと泣いていた。

朝起きても着替えや準備をせず、ドアにしがみつき「学校行きたくない！」と泣いた。親が引きずり、姉が引きずり、友達が迎えにきてやっと行けた。父親に向かって「どうして学校に行くの」、「どうして椅子に座って、じっとしなければならないの」と何度も聞いた。小学校に上がって二か月、運動会の練習で、「ピストルの音がこわい」と泣いた。本番の日もピストルの音をこわがり、先生にしがみついて泣きながら走った。

母親は「新しい課題が出されると、こわがる子でした。自信がなくて泣いたんだと思います」。父親も「臆病な子でした。命令されるのが嫌いでした。普段の生活の中でも『お父さん、それ、命令しているの』などとよく言っていました」と証言している。

しかし、過敏で臆病で、学校になかなか慣れなかったものの小学校の六年間、一日も欠席したことはなかった。不安と緊張が強く、新しい環境に慣れづらい。とらえ方が独特で敏感、変化に対する抵抗が強く、手順どおりにいかないとパニックを起こす。これらは広汎性発達障害に見られる特徴である。

不登校状態に陥ったAが両親に暴力を振るう動機にも、発達障害特有のこだわりがみられる。指定した商品名のおにぎりを買ってこないと母親へ暴力を振るう。父親が指定された通りのプロレスのチケットを購入出来なかったことで暴力を振るう。毎晩ビデオ録画を父親にさせる時も、新品のテープで開始一分前にスイッチを入れ、録り終わると巻き戻す手順を父親に要求し、それが少しでも狂うと逆上した。ただし、暴力は両親だけに限られていた。登校時、迎えに来る級友らは暴力の存在を一切知らなかった。

毎朝のように登校を渋りながら学校を一度も休まなかったという小学校時代の特異な行動も登校への不安と、決まったことは何としてもやり通そうとする強迫心性が混在しているようにみえる。これらのことからAは知的障害を伴わない広汎性発達障害であった可能性が高い。

この事件（一九九六年十一月）に先立つ三年半前（一九九二年六月）にも類似した事件が起きていた。埼玉浦和高校の教師夫妻が長男の激しい家庭内暴力にさらされ、ついに息子を刺殺した事件である。頭脳抜群の息子は、有名進学校の高校に入学後まもなくして不登校、退学、その後大学検定試験に合格し、一流私立大学に入学、そして再び退学、その後荒れだし、両親への激しい家庭内暴力を繰り返した。

この二つの事件は、事件の構図が類似している。高校教師の父親は同じ東大文学部出身で事件当時の年齢も同じ五十四歳。夫婦仲はよく、父親は温厚で高校教師として高い評価を受けていた。

公判では、教え子らから減刑嘆願の署名が八万人も集まったが、最終的に父親に実刑四年の判決が下った。

この事件に関して当時の共同通信社の記者が「仮面の家　先生夫婦はなぜ息子を殺したのか」という本を出版した。裏表紙には、「父、母はなぜ息子を殺さねばならなかったのか。立派な教師、理想的な親という幻想に振り回され、共感と自信を喪失した現代の家庭の悲劇を克明にたどる追跡ルポ」という見出しがあり、よい親、よい教師の仮面を被った虚構の家庭で起きた悲劇として、この事件を取りあつかった。

当時、家族病理として母子密着、父性機能が働かない家族システム、外面にこだわる過剰適応の問題が叫ばれていた時代でもあり、私自身、当時はそういう風にしか解釈できなかった。しかし、今になってみると、この事件も親の問題ではなく、発達が関係してなかったかという疑念に駆られる。しかし、この事件に関して、被害者の生い立ちや発達に関する資料は見あたらない。

金属バット事件が起きた当時、事件の背景に発達という視点はなかった。

感覚が鋭敏で何年たっても学校生活に慣れず苦しみ、まわりとの説明しがたい違和感に悩み、中学に入って母親に自殺をほのめかすほど苦しんでいた長男Aと、ひたすら暴力に耐え息子の回復を祈った父親について、吉岡氏は、冒頭で加害者から見た真実と被害者から見た真実とのあいだには目もくらむほどの深く、暗い河が存在していると述べた。もし、その深い闇を照らし出すものがあるとすれば、それは、発達という視点ではないか。

もし、そうだとすれば、新たな視点を欠いた既存の論理や価値観で裁かれることの怖さを、この事件は物語っている。

参考資料

・吉岡忍　文藝春秋1998年1月号
・斎藤学「家族」はこわい：母性化時代の父の役割　日本経済新聞社　1997年
・宮本信也　軽度発達障害児のこころ　日本小児心身医学会雑誌13巻　2004年
・星野仁彦　発達障害に気づかない大人たち　祥伝社新書　2010年
・NHKスペシャル　2008・10・12　病の起源
　第4集　読字障害〜文字が生んだ病〜
・横川和夫　仮面の家　共同通信社　1993年
・岩波明　発達障害　文藝春秋　2017年

心因性か感覚障害か　――発達障害における感覚の異常――

おおぎみクリニック開院から閉院までの二十三年間、当院を受診した不登校例は二千例を超えた。その中で不登校の要因がつかめないケースがかなりの数あった。学校でなぜかいじめに遭う、普通の子とどこか雰囲気が違う、コミュニケーションやイントネーションが独特、特定なものへの抜群の記憶力を有しながらこだわりが強く孤立しているなどなど、これまでユニークで個性的な子として扱われてきた子らの一群がそうであった。その子たちは、現在、発達障害と呼ばれている。知的レベルは正常域で、社会生活を行う能力にばらつきのあるケースは高機能自閉症とも呼ばれる。これまで不登校や心身症の背景として心理的要因が重視されてきた。たとえば、不登校における心理的背景の一つとして対人不安、対人緊張というとらえ方があり、低学年では母子分離不安という見方があった。

発達障害の研究が進む中、人とのコミュニケーションが噛み合わない、まわりの雰囲気や空気が読めないために不登校に陥るタイプのほか、感覚の鋭敏さゆえに登校に苦しむケースもある。聴覚が鋭敏なため大勢の中にいると声や音が錯綜し、いたたまれなくなる、いきなり後ろから触られると動転するため最後列の席を望むなどのケースもある。

心身症とされるケースにおいても感覚と発達障害との関連が疑われるものがある。遺糞症は、従来生活リズム・睡眠リズムの乱れや家族関係のストレスから排便リズムの乱れをきたしていると考えられていたが、発達障害を有するケースでは必ずしもそうとは言い切れない。便意の感覚が鈍いため便意を自覚できずお漏らしに至るケースがあるからだ。便意がわからないという理由のほかに便器の感触、水の流す音、におい に敏感なためトイレを嫌い遺糞が常態化するケースもある。

自宅外の、改まった環境にいると言葉が出なくなる場面緘黙症は不安・緊張から言葉が出なくなると言われているが、発達障害を有する場面緘黙では過度の注目や関心、不安、緊張が引き金となり音声表出の神経回路がスイッチオフになり、言葉が出なくなるのではないか……。家では普通自由に話せるのに本の音読となると家でも絶対やらない緘黙症の子もいる。改まった雰囲気でまわりから聞き耳を立てられる状況になると言葉が出なくなるのだ。

発達障害を有する喘息児の中には、発作がひどくなっても苦しさを自覚できない子がいる。喘鳴がひどく肩で息をして苦しそうなのに苦しさを訴えない。そういう子は発作がさらに進行していきなりパニック状態になる。気管支拡張剤の吸入で楽になって初めて発作に気づくのだ。そういう子はギリギリになるまで発作を訴えないので母親はパニック状態になって初めて発作に気づき救急車を呼ぶので救急外来では「なぜ、もっと早く連れてこなかったのか」とドクターから責められる。普段は軽い喘息なので母親の不注意のせいと思われるのだ。発作に気づかないのは苦しさに対する感覚が鈍いせいと思われる。そういう子はたいてい注射や怪我にも鈍感な場合が多い。中には骨折に気づかない子もいる。そういう鈍感な子に対してはピークフローという器具を用いて呼吸機能を数値化させることで気づきを促すやり方を行っている。喘息死のケースの中には必ずしも重症ケースではなく、軽症、中等症のケースの30％前後もあると言われるが、そういうケースの中に発達障害に由来する感覚鈍麻の子が紛れ込んでないか検討を要する。

かつてピアノ騒音殺人事件というのがあった。団地の四階に住む男が階下の子どものピアノの音がうるさいとの理由で母子三人を殺害した事件だ。犯人は音に対して極めて鋭敏で隣家の吠える犬も殺しており、拘置所でも隣室のトイレの排水音が気になり、耐えられず自ら死刑を希望したともいわれる。聴覚過敏の発達特性を有する人物が犯した悲劇ではなかっただろうか、と今になって思う。

あるアスペルガー症候群の男性が自転車で走行中、車に追突され頸椎捻挫の治療をうけた。以来事故当時の模様がフラッシュバックとなってよみがえり、仕事に支障をきたすまでになった。感覚が鋭敏でフラッシュバックが時間を経ても減衰せず、うつ状態となり、補償問題がこじれ裁判になった。被告側は弁護士も含め、当人の切々たる訴えを、「当たり屋」、「詐欺行為」と誤解したため裁判になったのだった。診断書でようやくケリがついたが、男性は、不安な状況には過敏な反面、食欲についてはすこぶる鈍感で意識的に食事をとらないとどんどん痩せてしまう体質だと言っていた。

心因としてとらえられていた心の問題が、脳の特定部位の機能障害や神経伝達物質などとの関連で原因の模索が続けられている。ブラックボックスのように扱われた不安・葛藤・緊張といった心の問題が脳の情報伝達系の障害という体の問題としてとらえなおされるようになった。

これまで、甘え、わがまま、過保護、しつけの問題としてとらえられていた子どもの問題行動が、今、受容・共感・理解という立場からとらえなおされようとしている。脳科学・発達障害の研究のさらなる発展を期待したい。

発達のカケラ

最近経験した発達障害にまつわるエピソードを紹介します。

ある日の保育園健診で、幼児らが一列に並び順番待ちをしている中、自閉症とおぼしきひとりの男の子が後ろの方で盛んにピョンピョンと飛び跳ねていました。おそらく普段と違う雰囲気に興奮したのでしょう。

飛び跳ねる子が順番にきたとき、私もとっさに聴診器を持ったままピョンピョンと飛び跳ねました。すると、その子はちらっと視線を送り嬉しげに飛び跳ね続けました。診察が終わると、その子は満足げに後方で待つ母親のもとへ駆けて行きました。

また別のある日、知的障害を有する小学二年の自閉症の男の子が受診しました。その子は、問いかけにピクリピクリと反応し、母親の顔をうかがいながらしどろもどろに答えていました。母親によると、勉強の方は苦手なものの、土地カンがあり、道順にすこぶるこだわる子だと聞きました。

「君、道を覚えるのが好きだって?」「好き……」「君は今日初めてここへ来たけれど、ここへ来た道覚えている?」「覚えている……」「一回で覚えることが出来るの」「ウン」

「君すごいな～、じゃ、帰りの道も覚えている？」「覚えている……」「君は天才少年だ！　大人になったらタクシーの運転手さんかクロネコのおじさんになれるね」

そう告げたとき、その子の目が輝きました。ダメだ、ダメだと言われ続けられた子が初めて見出した希望の光だったように思えました。

発達障害の子らとの向き合う一番のコツはその子の気持ちに合わせ、肯定的感情を引き出すことだと実感しました。

本書の「五歳児の抗弁」（p50）で五歳になったばかりの私と亡き父とのやりとりを記した部分があります。本土へ疎開船で行くかどうかという父の問いに私ははっきりと拒絶した時の感情を今でも覚えています。なぜ、はっきり拒否したのかについてはこれまでずっと謎でした。

一九九四年十月十日の那覇大空襲の後、警察署も空襲を受けたため、戦災を免れた我が家の応接間で、警部補の父を含む沖縄県警の幹部らが厳しい戦況について会議を開いていました。対馬丸沈没を含めた極秘情報などを討議していたであろう中、私はテーブルのまわりを無邪気に走り回り遊んでいました。話の内容は皆目分からなくても「どうも船で行くのは危ない！」という空気を感じ取っていたかもしれないと今になって気づいたのです。

私は人から「昔のことよく覚えているね」と言われます。昔のことを覚えているのは私の特性だと思っています。そのときの生の感情まで蘇るので文章の形に出来るのかもしれません。

そのことを別に不思議だとは思ってもいませんでしたが、最近になってひょっとしたら、これは、発達のカケラ（発達障害の特性を示唆する断片）ではないかと思うようになりました。

私にはもう一つ、カケラと思われるものがあります。私は不器用で、好きなバイクのハンドルさばきも特段とうまいわけではなく、モトクロスに参加できるような腕前など持ち合わせていません。バイクが好きなこととハンドルさばきが優れていることは別ものなのです。そういう自覚があったからこそ慎重に走り大事故を起こさずに済んだのかも知れません。

ただ、器用ではないものの、とっさの危機回避能力といいますか、道や廊下の曲がり角での出会い頭でぶつかることはめったにありません。とっさに飛び退ける回避動作が出来るのです。

昔、オートバイでシルクロードを走っていたとき、イランの山岳地帯の雨上がりの泥んこ道を走る中で、突然の急カーブを回りそこね危うく谷底へ落ちかかった時、とっさにバイクを押し倒して一命を取り留めたことがあります。前輪の半分が断崖絶壁にはみ出したまま、止めることが出来たのでした。

また、こういうこともありました。トルコ・アナトリアの山岳地帯を走っているとき、突然三人の男が道の中央に躍り出て両手を広げ盛んに止まれ！止まれ！の合図をしてきました。乱暴な仕草や外衣で顔を被っていることから物盗りを疑いました。銃を手にしてないことを確認した上で、上体をかがめ、エンジンを高々と鳴らし、ハンドルを低く押さえ「突っ込むぞ」の姿勢で口をカッと開き中央突破を試みました。一〇〇メートル先がカーブになっているので、たとえ、そばの銃を取ったとしても構えるまでにはカーブを曲がりきれるという判断があったからです。

こういうとっさの回避行動も発達のカケラではないかと最近思うようになりました。

発達のカケラは皆さんもお持ちではないでしょうか。

膨大な数字の羅列の中から一瞬で間違った数字を見抜く人、記憶力抜群の持ち主、大勢もしくは大声の中にいるのが苦痛な人、三人以上の会話の輪には入りづらい人、人の顔が覚えられず服装や髪型や音声で判別する人、悪意はないのにホンネがポロリと出してしまう人、限度を超えると感情にブレーキがかからなくなる人などなど……。

発達のカケラを持つ人はまわりにいるように思いますがいかがでしょうか？

あなたは大丈夫ですか……？

第五章

ショートエッセイ

我が家のシーサー

二〇一〇年四月、二十三年に及ぶ西原町での開業医生活に終止符を打ち、首里末吉の高台に新居を構えた。新居のベランダからは那覇の町並みが一望できる。視界のほぼ中央に古島駅が陣取り、そこへ向かってモノレールが大きく弧を描きながらトコトコ走るのが見える。

その町並みを見下ろすが如く、正面入り口の二階ベランダの一角に胴体のない首だけのシーサーを据え付けた。女房のお気に入りのシーサーで、西原の自宅の門扉の上に長年飾ってあったのをそのまま移動したものだ。このシーサーは観光客向けに作られた、どこか愛嬌のあるものとは違い、口を大きく開け、まなこをカァッと見開く本格派だ。

転居してまもなく、女房の友人らが我が家を訪れた際、ベランダのシーサーに話題が移った。そのとき、女房が思わぬ事を口にした。「このシーサー、誰かに似ていると思いませんか?」。一同は、きょとんとして目を見合わせた。

女房の言い分はこうである。夜中、私が、何かの物音で飛び起き、寝ぼけまなこで睨みつけたときの顔にそっくりだというのである。

その言い分は、あながち不当ではない。

若い頃から、夜中に悪夢か何かでうなされているとき、物音か何かでいきなり飛び起き、寝ぼけまなこで掴みかからんとする癖があるからだ。

学生時代、門限オーバーで閉め出された友人が、深夜、私の下宿部屋に無断で上がり込み、そばで寝入ることがよくあった。ある晩、門限に間に合わなくなった彼はいつものように私の下宿先の窓をガラリと開けて、窓枠に足を乗せて這い上がろうとした。丁度そのとき、悪夢か何かでうなされていた私は、窓から這い上がろうとする友を見るや、いきなり跳ね起きてそばにあった座敷ほうきで顔面を打ち払い、めがねを叩き落とした。

それ以来、彼は夜中私の部屋に入るときは、大声で何度も呼び出し、完全に目覚めるのを待って、おそるおそる窓枠に足を乗せるようになった。

女房も同様だ。私が寝ているときに寝室に入るときは、起こさぬよう抜き足差し足で入ってくる。私が寝ぼけまなこで起き上がると、必死になって「私よ、私よ」としきりになだめすかす。そのときの顔が、あのシーサーだというのである。

女房の、シーサー寝ぼけまなこ論を耳にして以来、帰宅時、時おり見上げる門扉の上のシーサーが、「ワッハッハッハ！　お前に似ているんだと……」と高笑いしているように見える。

高齢者の同期会

那覇高校十一期生の同期会が箱根で催された。東京在住同期生主催の箱根旅行は、幹事らの熱心な下見・交渉のおかげで至極快適な旅となった。何しろ七十二、七十三歳の高齢者ばかりの旅だから体調不良の人もいたはずだが、出会うとみな十八歳の心情にタイムスリップして元気溌剌、高齢者ならではの旅の展開となった。

道中の景勝地で一人が行方不明になるハプニングが起きた。幹事やバスガイドらが血眼に探し回り事なきを得たが、不明者発見の報に、バスの中で安堵の喝采が起こった。時間ロスで美術館行きが中止となったものの誰一人咎める者もなく喝采を送るやさしさに、バスガイド嬢は感動し「沖縄の人ってやさしいんですね」と目を潤ませた。年をとると、人はみなやさしくなることを改めて実感した。

二日目の最後の宴会の後、二次会会場へ向かった。そこは、ものまね芸人の独演ショーが行われるカラオケ兼用の演芸場であった。アルコール類が振る舞われる中、ショーが始まった。四十歳前後の若い芸人が、往年のスターの衣装をまとい、ジョークを交えながら登場した。点滅するスポットライトを浴びながら彼はけたたましい大音響の中、歌やものまねを次々と披露した。たかが二十数年前の歌をなつかしの歌や歌手だといわれても、耳をつんざくような歌ばかりで我々の世代にはピンとこない。

ステージのまん前に陣取った幹事のAが大音響の中、コクリコクリと居眠りを始めた。一曲歌い終えた芸人はAに近づき、「おとうさん、眠いの、後ろにソファーがあるよ。真ん前で寝られるとやりにくいんだよな」と口を尖らせた。Aは「わかった、わかった」と眠い目をこすりながら座り直した。世話人代表の立場上、眠いからといって「あいよ、わかった」とすんなり引き下がるわけにはいかない。

大音響と共に次の歌が始まると、Aは再び船を漕ぎ始めた。主催者としての気苦労とアルコールがもたらす睡魔にはあらがえないのだ。一曲終わるごとに拍手で目覚め、手を叩くが、芸人も負けてはいない。ジョークと本音をない交ぜにして「皆さん、私だけがスポットライトを浴びてまわりは暗くて見えないとお思いでしょうが、私にはよ～く見えます。真ん前のおとうさん、また寝ていましたね」と言って場内の笑いを誘った。

こんなやりとりを繰り返すうちにフィナーレを迎えた。フィナーレの拍手で目覚めたAが体を揺すりながら遅ればせの拍手を送った。芸人は、すかさず「おとうさん、寝るか起きるか、どっちかにして！」と、捨てゼリフを吐いた。場内爆笑の中、隣のBがほろ酔い気分で立ち上がり「そうだ、そうだ」と相づちを打つと、「あなたも寝ていたでしょう！」と一喝された。

ショーが終わり、カラオケの時間となり、四、五十年前のなつかしの歌が始まるとAは我に返ったように元気になり、持ち歌をうたい始めた。高齢者の同期会の魅力は、同じ時代感覚を有するものどうしの一体感にある。この共有感覚は若い世代には通じにくい。

ものまね芸人も、時代感覚のズレが、あのすれ違いコントを招いていたとはご存知あるまい。

妻はなぜ強くなったのか

高齢者どうしが月一回集う談論会で「なぜ、妻は強くなったのか」が話題になった。若い頃、あれほど素直で従順だった妻が、高齢期に入ると、指示がましくなり、夫と口論になっても動じなくなるなど、強くなった妻に困惑を強める夫たちの本音が卓上を飛び交った。口論に辟易《へきえき》して矛を収める夫もおれば、何とか理屈で説得しようと、ネット情報をプリントアウトして提示した話など話題は盛り上がった。

年齢と共に妻が強くなっていく社会的背景としては女性の社会的地位の向上があろうし、妻の交友仲間からの口コミ情報の強力なバックアップもあるだろう。

それに現役時代は妻と夫の役割分担がはっきりしていたから、家事を妻に頼ってもさほど問題にならなかった。しかし、退職後の夫が終日家にこもり、一方的に妻に依存するようになると妻の目つきがけわしくなってもおかしくない。

そういう一般論とは別に、家事をこなし子育てを終え、自信と経験を積み重ねた妻には夫のアラや限界が見えてくるし、たとえ夫と対立しても母と子が母子連合を組んで夫と向き合う自信だって出てこよう。

熟年離婚と呼ばれるものは、夫が妻との力関係の変化に気づかず、若いときの支配性にこだわった結果ではないかと思うことがある。年齢と共に妻が強くなった一番の原因は、夫自身が妻の母性に飲み込まれているからではないか。夫がかつて、己が母親に甘えたように夫自身が妻に対して無意識に甘え、いつの間にか年のいった長男的存在となってはいまいか。そうなれば、夫の反論も反抗期の息子の口応えのように映り、動じなくなる。

恥ずかしながら、我が家は、料理はもとより、外出時のかりゆしウエアの選定、旅行用品の準備、日常品の購入やもろもろのショッピング、法事や行事の準備・設定、メタボ対策の食事対策に至るまですべて妻の主導下にある。妻を「母さん」と呼ぶのは子育て時代からの延長的呼称とはいえ、それだけではなさそうに思える。欧米の夫婦は互いに対等な関係にあり、夫は妻を「母さん」などとは呼ばないからだ。ただ、名誉のために付け加えるならば、妻も私のことを「お父さん」と呼んでいる。

妻に先立たれた夫は後を追うように早死にし、夫に先立たれた妻は長生きするというこわい話もある。幅広い口コミネットワークを持ち、揺るぎない生活技術を身につけている妻には所詮《しょせん》勝てないのだ。

しかし、あるとき、どっちが先に死ぬかの話の中で、妻が「もし、お父さん、亡くなったら、今のように食事に根を詰めないわ。あるものだけ食べておればいいし……」と口にしたことがある。もしそうなら、妻も食事や生活がずさんになり、長生きしにくいのでは……？と内心ホッとした覚えがある。

それはともかく、将来を踏まえ、後追いしないために自立の手始めに料理を学ぼうとは思うのだが、どうも今一つ気合いが入らない。確証はないが、妻の方が長生きしそうな気がしてならないからだ。

悪筆とパソコン

私は生来の悪筆である。小学校時代、担任から「君の字は読めない。何とかならないか」とよく注意された。医者になると待ちあぐねる患者さんにせき立てられるようにカルテを殴り書きするものだから、悪筆にますます拍車がかかった。

診察時、カルテをのぞき見た五歳の男の子から「おじさん、落書きしているの？」と言われたことがある。また別の子から「これ、英語なの？」と言われたこともある。質問は子どもだけにとどまらない。殴り書きのカルテを見た患児の母親から「先生は速記もなさるんですね！」と、妙に感心されたこともあった。

四十年以上前、初めて出版の機会を得て、「シルクロード爆走記」なる原稿を書き出したとき、朝日新聞の編集者から「原稿が読みづらいです」と言われ、女房に原稿を書き写させたこともあった。

悪筆だから、患者さんに不都合なことを書いても知られなくてすむという利点もないわけでもないが、カウンセリング等で相手の話に耳を傾けながら書き綴っていると、後になってすぐ書き直さないと自分でも解読不可能になることもしばしばだ。

紙カルテの時代、発達障害や挫折体験、コンプレックスをひきずる不登校の子らと向き合った際、頃合いを見てカルテを見せて「先生の字、読める?」と問うてみる。すると彼らの多くが、一瞥して、クスッと笑う。「読めないでしょう。先生は小さいときから字が下手だったんだ。それで随分苦労したんだ。でも、その苦手さをパソコンで活かす方法を見つけたんだ。字が下手だったからこそ、パソコンを上手に使えるようになったんだ。欠点は長所に切り替えることができる。君の苦手さも、別の方法で長所に変えることができるかもしれない。時間がかかるかもしれないけど、どうしたら苦手さを乗り越えられるか、一緒に考えてみよう……」。

しかし、そうはいってもカルテの判読不能は致命的であった。

この悪筆コンプレックスに光明を与えたのが、ワープロでありパソコンであった。キーボードを打つたびに躍り出てくる文字に感動すら覚えたものである。以来、パソコンにはまり、電子カルテを扱えるまでになった。

電子カルテの魅力は、老医の身のあやふやな記憶をカバーできることである。パッと出てこない薬品名や薬用量がキーボードを叩くだけで瞬時に出てごまかしがきく。過去のいかなるデータも一気に引き出せる。老医の身には欠かせぬ存在なのだ。

昨今、電子カルテが普及するにつれ、電子カルテの弊害が問題になっている。「医者は画面の画像や資料や数字だけみて患者を見ない」「体に触れることさえしない」などなど患者さんの苦情がしばしば話題になる。

実際、私自身も、人間ドックを受けた後の紹介先で診てもらった際、若い専門医は画面のエコー画像を見るだけの説明に終わり、患者さんの不満が実感できた。

しかし自分に限っていうと、電子カルテの登場は悪筆コンプレックスからの突破口となった。患者と過去に交わした会話内容がパソコン画面に生き生きとよみがえり、会話が弾み進むのだ。前回の話を問い返すことで内容が深まり、患者自身の自己洞察を促すことにもなる。

心身医療に専念する私に限っていえば、クリニックを閉院して十年、高齢者になった今の方が診療技能はアップしているとひそかに自負している。

悪筆コンプレックスがたどりついた終着駅は、パソコンという電子媒体であった。

福祉一筋に生きた人

幸地努さんが県の児童福祉課に在職中、保育所や幼稚園での研修会に小児科医の私の講演をしばしば設定して頂いた関係から幸地さんとの交流は長年続いた。

彼は退職後も年金の一部を日本赤十字、ユニセフ、共同募金、災害支援に寄付するなどして福祉事業に関わり続けていた。名刺の裏には「私のすきなことば『施した恩は思ってならぬ。受けた恩は忘れてはならぬ』（哲学者　高森顕徹）」と記してあった。

退職を契機に、幸地さんは地元二紙を中心に声の欄や論壇等に数多くの投稿を行っていた。投稿内容は政治、社会問題、日常生活など多岐にわたり、福祉や社会正義の視点から、時には投稿者に反論するなど天下のご意見番的役割をも果たしていた。

とりわけ、用語の使い方や文章表現にはめっぽう強く、論壇や声の欄への投稿者に対してしばしば異議を唱えた。たとえば、県議会議員選挙で当選した議員を「選良」と呼んだ投稿者に対して、県議会議員を選良と呼ぶのはおかしい、選良とは代議士のことであり衆議院議員を意味する言葉だと指摘した。また、室生犀星の詩を「ふるさとは遠くにありて思うもの」と引用したくだりでは、「ふるさとは遠くではなく遠きに」が正しい、啄木の歌「働けど 働けど 我がくらし楽にならざり じっと手をみる」の引用文についても「我がくらし」の前にあるはずの「猶」が抜けているなどと指摘していた。

文章表現に厳しい幸地さんながら悪筆にはコンプレックスがあったようで、悪筆の私の手書きのハガキを受け取ると、悪筆同士のよしみからか、ことのほか嬉しそうだった。言葉遣いにうるさいだけに、私宛の手紙に大宜見を大宜味と書き違えたことをえらく気にし、ことあるごとに謝ってもいた。

晩年は、数年に及ぶ原因不明の慢性痛（特に腰痛・腹痛）、歩行障害、不眠、皮膚掻痒感などで苦しみながら、医療施設の世話になった。そんな中、亡くなられる七か月前の春、十二名の親友宛に「最後のお願い」という名目で迫り来る死を予感させる内容のワープロ文が送られてきた。内容は日々の苦しい現状を伝えつつ、「黒枠広告」に友人代表として名前を載せさせて欲しいという要請であった。各友人宛の項目にはこれまでの交流を謝し、こまごまと礼を述べていた。

ワープロ文が届いて七か月後、幸地さんは亡くなられた。死亡広告には「故人の遺志により琉球大学医学部の解剖実習に供するため献体します」とあった。

享年八十四歳、こよなく酒を愛しながら、文字通り福祉一筋に生きた人物だった（合掌）。

カウボーイの国のオートバイ

オートバイにこだわって三十四年（二〇〇六年当時）になる。

沖縄の本土復帰の年の七月（一九七二年）、オートバイでシルクロードの国々を旅することを思いついた時以来である。走行テクニック習得のため五〇cc原付から何台も乗り換えながら、勤務地の北海道の原野を走り回った。

一九七四年三月、第四次中東戦争が終わり、ニクソン政権のキッシンジャー補佐官が和平に向けて世界中を飛び回っていた頃、インドからヨーロッパの終点ハンブルク（ドイツ）まで三か月かけて二万三〇〇〇㎞を走った。

以来、オートバイを日常生活から手放せなくなった。通勤も大雨以外はほとんどオートバイに乗り、車はめったに使わない。ともかく、オートバイに乗ること自体が好きなのである。絢爛豪華な大型二輪車には興味がなく、身の丈にあった四〇〇ccまでの中型車を選んで走りを楽しんできた。

ところが昨年（二〇〇五年）、知人のハーレーダビッドソン車に試し乗りさせてもらった。ハーレーといえば、高価で金持ちが乗る貴族趣味の乗り物、シュワルツェネッガーのような大男が乗り回すものだと思い込んでいたから、これまであまり関心がなかった。ところが、実際に乗ってみるとシート丈が意外なほど低く、地響きをたてて走るパワーに圧倒された。

早速、ヘリテイジ・ソフテイル・クラシック（FLSTC）という総重量四五〇kg、V型ツインエンジン一四五〇ccを購入した。

初めて乗った感想は、圧倒的なパワーと重量感である。アクセルをちょっとひねるだけで半身がのけぞるほどの加速性があり、強力なエンジン音に揺さぶられると、高揚感がいやが上にも高まる。頭の中の雑念は吹っ飛び、自由な発想が次々と沸き起こる。エッセイなどの表現手法や発想の展開に行き詰まったとき、ハーレーに飛び乗って構想を錬ることだってあった。

とは言っても、ハーレーという大型二輪は決して乗りやすい乗り物ではない。車体は重く、うっかり倒せば修理に万単位の金がかかる。計器類は少なく、スイッチ類はごっつく大きく指が届きにくい。クラッチレバーも握力を要する。始動もワンタッチではなく事前操作が必要だ。セントラルポジションへのギアシフトも微妙な足さばきが要求される。ヘルメットホルダーはなく、サイドバッグにはキーがついてない。燃費は一四km／ℓと悪く、ガソリンもハイオクタンが要求される。おまけに巨大エンジンの吹き出す放熱で足下が熱風にさらされる。夏場だと火鉢を抱えて走るようなものだ。

ハーレーの、この扱いにくさは日米の文化の差に由来しているのではないか。きめ細かさと手先の器用さを活かし、コンパクトで使いやすく経済的で高性能の製品を生み出す日本人と、おおざっぱで細部にこだわらないアメリカ人との文化の差がオートバイにあらわれていないか。

日米のそういう違いを、ニューヨークのホテルの浴室で体験した。米国のホテルの浴室の器具は雑で、おおざっぱで使いにくい。水道の蛇口はかたく開けにくい、シャワーの取っ手の位置の移動も固くきしんでままならず、洗面台の高さも異様に高すぎる。トイレの紙の置き場所が遠すぎるなど日本では考えられないほどいい加減だ。バブルの前、日本製品が欧米市場を席巻した理由の一つは、消費者心理をたくみについた日本文化のきめ細かさに由来しているのではないか。

しかし、日米の文化の差に由来するにしてもハーレーはあまりに重くでっかく扱いにくい。そういう扱いにくいハーレーに人はなぜ、魅せられるのか。

馬の鞍《くら》の形状をしたサドルにまたがり、ハンドルを両手で支え、馬の鐙《あぶみ》に相当するフットボードの上のシフターレバーをかかとでカタンカタンと蹴って鳴らし加速する。その感覚は、暴れ馬を制して走るカウボーイと同じではないか。ハーレーにはやはりカウボーイの国の人たちの、馬への思いが込められているのだ。ハーレーがアイアン・

アメリカ大陸横断旅行ユタ州にて　2007年８月17日

ホースと呼ばれるゆえんである。

ハーレーのもう一つの魅力は、部品をいろいろ取りかえ、自分好みのスタイルに変えるカスタム化だろう。街にはカスタム化され、改造されたさまざまなハーレーが走っている。サイのような巨大マシーンが走る。ハイエナのように上半身を立ち上げた奇妙なハーレーも走る。カマキリのような貧相な奴だっている。共通項は巨大なV型ツインエンジンを車体に抱えていることだ。私はそのような大がかりなカスタムには興味はない。多少部品を取りかえただけの身丈にあったアイアン・ホースにまたがり走るだけで満足している。

新聞に見る当世ユーモア話

新聞の時事川柳やユーモア欄の面白さは、深刻な社会問題を笑い飛ばして、核心をつく発想の奇抜さにある。私が日頃楽しんでいる笑いの達人たちの作品を紹介したい。

川柳では、中年サラリーマンの悲哀を自嘲気味にうたったものが多い。

「粗大ゴミ 朝に出せば夜もどる（読売新聞1991・9・4）」

「家なき子 父はとっくにホームレス（読売1994・6）」

「先代は戦死 当代は過労死（読売1991・5・11）」

「退職金 3DKと差し違え（読売1991・10）」

やっと手にした退職金で思い迷いながら、3DKを購入するサラリーマンの切なさがにじんでいる。

捕鯨の全面禁止で日本中が大騒ぎした頃の川柳。

「平均寿命 のびる鯨と日本人（読売1994・6・4）」

両替機をだますニセ札が横行した頃の傑作、

「ニセ札に肌を許した両替機（読売1993・4）」。

今年（1995年）前半に起きた事件についても、思わず吹き出す傑作が多かった。

阪神大震災では行政の後手を批判して、

「過ぎてから論理が冴える地震学（読売1995・1・31）」

「首相より頼りにされるスイス犬（読売1995・1・30）」

オウムの事件では、

「出家より家出で親はほっとする（読売1995・4・11）」

と母親の心情を吐露する一方、夫には冷たく、

「朝帰り 妻に出家を促され（読売1995・4・19）」

麻原彰晃の逮捕時の状況を見事描写したのが、

「天井まで浮遊していた尊師様（読売1995・5・28）」

アメリカならではのユーモアをひとつ、連続婦女暴行犯に322年の加算刑を下したロサンゼルスの判事の弁。

「これで被害にあった女性はもとより、その子ども、孫、ひ孫に至るまで守ることができよう（読売夕刊1993・3・6）」

事件といえば、天安門事件を扱った川柳もあった。

「救急車呼べば　戦車が来る北京（読売1989・6・13）」

発想の意外さにかけては子どもは天才的だ。ピンポンの天才少女、五歳の愛ちゃん

が優勝した時の記者会見で「愛ちゃん、今、一番したい事は？」「えーとね、おしっこしたい……」。

私は発想の奇抜さを新聞のユーモア欄と小児科外来の子どもたちに見出し、楽しんでいる。

第六章 テーマエッセイ

行き当たりばったりの道

過日、大先輩の小児科医N先生がお亡くなりになった。享年八十六歳、北海道大医学部小児科の大先輩である。

私が、小児科医になったのは、N先生との出会いがあったからだ。

昭和三十九年夏、東京オリンピック大会を目前に日本中がオリンピック景気に沸き立っていた頃、私は、名大医学部を卒業し、北海道の道東地方、十勝平野の中央にある帯広市の総合病院でインターン研修を行っていた。

研修医生活が始まってまもなく、医局の麻雀大会がひなびた温泉宿で開かれた。温泉風呂に入り浸りふざけ回っているうちに石けんに足を取られ、湯船の縁にしたたかに頭を打った。まもなく、軽い意識障害が出ておかしな言動が現れたため、麻雀大会は中止になり、急遽研修先の病院へ搬送されたのだった。

翌日目を覚ますと、逆行性健忘症にかかり病院の一室に寝かされていた。自分自身が何者であるかはわかっているが、自分がどうしてここにいるのか、どんな経緯で沖縄から北海道くんだりまでやってきたのか、思い出せず、天井を眺めて途方に暮れていた。

入院三日目、過去の出来事がようやくよみがえり始めた矢先、小児科の良心と仰がれていたN先生がミカンの缶詰三個を手に見舞いに来てくれた。あのときの感激が、私に小児科医になる道を選ばせた。

思えば、人生の分岐点に立ったときの私の判断や決心は、いつもそんな風に直情的、短絡的、偶発的であった。

高校時代、母親からしきりに医学部進学を勧められていたが、医師という職業には室内に引きこもってコツコツ仕事をする非活動的なイメージがあり、乗り気になれなかった。商船大学に進学し、世界を回りたいという思いの方が強かった。

高校三年の夏、母親から密かな工作を依頼された叔父からの「医者になれば、船医になってお前の好きなアフリカに行けるぞ」という一声で医学部進学を決めた。

医師になった動機が、アフリカの聖者シュバイツァー博士ではなく、アフリカの探検家リヴィングストンへの憧れからだったという後ろめたさを幾ばくか感じながら、学生時代を送った。

名古屋大学を卒業して、わざわざ北海道を研修先に選んだ理由も、別に帯広市に充実した研修医療機関があったからではない。名古屋という日本のど真ん中で数年住んだから、今度は北へ行ってみたい、広大な北海道の雪の原野を馬そりで走ってみたいという単純な動機からであった。

北海道の研修先の病院が決まり、引っ越し荷物と一緒に綿のちぎれたぼろっちい布団の中に空気銃二丁と木刀一本を差し込んで研修先の病院へ送った。その結果、病院では暴力団関係の研修医が来るといううわさとなり、着任早々、院長から「自重するように」ときつく釘を刺された。

一年間のインターン研修を終え、沖縄へ帰る前に北海道大学小児科の大学院専攻課程に受験申請をした。一年間沖縄で勤めた後、再び北海道に戻り、本格的に小児科学を勉強するためであった。もし、大学院の試験に落ちれば、捕鯨船の船医になって南氷洋へ行く腹づもりであったが幸いにして大学院にパスした。

沖縄での赴任先でも、当時の琉球政府厚生局に北部、宮古、八重山から希望勤務先を聞かれたとき、迷わず八重山を希望した。北海道から来たのだから、どうせ行くなら南の端にしようという単純な理由からである。

私の人生の岐路に立ったときの選択は、万事、一瞬の判断・思いつきで決めてきたところがある。その中の一番の決断は三十代前半、北海道の小さな病院で小児科医として勤務中にバイクでユーラシア大陸を横断したいという思いに駆られたときだった。

その年の七月半ばの夜半、そういう夢に駆られて目覚めた時の、ゾクッとする身震い感を今でも覚えている。

その翌朝、旅の計画を妻に話して了解を乞いつつ、旅の準備を始めた。中古のバイクを買い換え、乗りつぶしては北海道の原野を駆け回り、ドライブテクニックの習得に努めた。万一の場合を考え、転倒の練習もしたが、その試みはうかつだった。日本では左側通行のため、いざという場合、反射的に左側に倒れる練習をしていたら、外国では英国とかつての英国統治領だったインドとパキスタンだけが左側通行で、その他の国では右側通行のため、転倒すると反射的に左側に倒れ、道の中央に放り出されるのである。

ドライブテクニックと共にバイクの修理法、各国の道路事情、治安、宿泊施設、ガソリンスタンドの分布状況、風俗習慣、気候、風土、バイクの乗せる荷物を如何に四五kg以内に納めるかという難問の解決に当たりながら準備に一年半かけた。

一九七四年三月、二五〇cc単気筒のバイクに四五kgの荷物を載せ、インド、パキスタン、アフガニスタン、イラン、トルコ、ギリシャ、ブルガリア、ユーゴスラビア（当時）、オーストリア、イタリア、フランス、スペイン、スイス、ルクセンブルク、ベルギー、オランダ、デンマーク、スウェーデン、西ドイツ（当時）など十九カ国を走った。終着地はドイツのハンブルクであった。

国際ナンバーを発行したＪＡＦ（日本自動車連盟）の担当官によれば、バイクによる海外旅行者は私が三十五人目で医師では初めてとのことであった。

フランスからスイスのジュネーブに向かって延々と続く急坂路をあえぎながら上っているとき、ライトバンに乗った韓国人と称する男たちが、伴走しながら私に話しかけ、私が日本人だとわかると一緒に来ないかとしきりに誘った。今になって思うとちょうどあの頃は、北朝鮮による拉致が行われていた時代であり、もしやという疑念が今になって思い出される出来事もあった。

旅をしてわかったことは、自分が人間の生き様や生き方に興味・関心を持っていることだった。

そして旅を終えると、診療内容が変わった。子供の訴えや症状を額面通りには受けとらず、生活背景や心の問題と結びつけてみるようになったのだ。やがて、不登校や心身症の患者を積極的に診るようになった。

もう一つの発見は、文章を書くことへ興味が持てたことだった。これまでは悪筆コンプレックスのため、書くことには苦手意識があった。自分で書いた文章すら読めないほどの重症のため文章には距離感があった。

バイクの旅を終えて北海道の田舎町に戻ったとき、町の小さな新聞社から旅行記を依頼された。担当の記者から「ほんの四、五回でいいですから旅行記を書いてください」と頼まれた。三本目の原稿を送り終えた後、「連載を少し延ばしてもかまいません」と言われた。そのうち「出来るだけ連載を延ばしてください」と言われ、ついに五十八回に及ぶ連載になった。

読書家で文人肌だった勤務先の薬局長の勧めもあり、連載中の新聞の切り抜きを文藝春秋社に送ったところ、何の弾みか第六回大宅壮一ノンフィクション賞の候補作品の一つに選ばれた。これは、悪筆の自分にとって吃驚仰天の出来事だった。

これを契機に新聞連載記事を全体の構成をすっきりしたものに書き改め、朝日新聞社から出版の運びとなった。冒険的な旅への挑戦が、心身医学への興味・関心を呼び覚まし、エッセイとの出会いをもたらした。

六十八歳になって再びアホな旅に挑戦した。二〇〇七年八月、大型バイクハーレーでニューヨークからロサンゼルスまでの六〇〇〇kmを十一日間で走る冒険ツアーへの参加である。一日平均五三七km、三日連続で七〇〇km以上を走るハードな旅である。数年前（二〇〇一年七月）、脳梗塞で入院したこともあって健康には留意した。仕事量を減らし、メタボに気を配り、スポーツクラブへ通って健康維持に努めた。

旅へのきっかけとなったのは、プロボクサー・ロッキーを演ずるシルベスター・スタローンの映画「ロッキー・ザ・ファイナル」を観たからだ。還暦を迎えたロッキーが再度チャンピオンに挑戦する映画に妙に共感したからだった。

この年になってどうしてこんなアホな旅をするのか、と問われても、明解には答えられない。敢えて言えば、わくわくする熱い思いで夢を追い求める少年のように、「なぜだろう」「知りたい」「ためしてみたい」という衝動に駆り立てられるからかもしれない。

これまで行き当たりばったりの道を歩んできたが、子どもを相手にする小児科医の道を選んだのは間違いではなかったように思う。

まぐれ当たりの道　―二人の友との出会い―

一．盟友　山城との出会い

盟友、山城将美との出会いは、中学二年の夏、彼が石垣島から那覇に転校し、私のクラスに編入された時であった。

私と彼を結びつけたのは、遊びであった。当時、私は遊びに明け暮れ、トム・ソーヤーになった気分で不発弾の転がる防空壕探検をしたり、マッチ棒の先の頭薬部分を掻き集め火薬の代用品とした火縄銃を作ったり、ライト兄弟に憧れ、城岳公園の崖上から飛び降りようと翼幅四m程の木枠に映画の宣伝用垂れ幕を巻きつけたグライダーもどきの代物を作ったりしていた。

坊ちゃん育ちの彼には、何事にもあれこれ手を出す私が新鮮に見えたらしく親密になった。陽気でひょうきんなところは互いに似ていたものの、転校したばかりの心細さといじめに遭いはしないかという不安から、柔道を習い腕力もありそうな私を用心棒代わりに選んだ旨を、後年彼は口にした。

中学時代の私の成績は当然ながら悪かった。テスト期間になると、授業がなく早めに帰れて遊べるので嬉しかった。テストで白紙答案を真っ先に出して担任からビンタを食らったこともある。授業をさぼり、怖い先生から追い回されたこともあった。

彼は私と違い、勉強はでき、人望もあったから、三学期には早くも級長に選ばれた。そのことについて別段負い目を感じなかった。けんかや腕力に重きを置いていた私は、防空壕探検で後ろからへっぴり腰でついてくる彼に強者として振る舞えたからだ。

中学三年五月、彼は私に相談もなくいきなり生徒会長に立候補し、全校生徒を前に熱弁を振るった。

私は唖然としながらその姿を見、初めて敗北感らしきものを感じた。ちょうどその頃、初の校内総合模試が行われ、席次が発表された。私は、六〇〇余人中三四〇番という惨憺たる成績であった。山城の席次は三〇番で私から見たら途方もない好成績に見えたが、彼の姉からは成績不振のお灸を据えられていた。八歳年上の彼の姉は、当時女性の社会進出の担い手として名の知れた才媛だった。姉は弟とは対照的な私をなぜかよく可愛がってくれた。

ある日、腕時計を買ってほしいとせがむ彼に対して姉は、「ヨシオさんは、えらいわ。腕時計なんてほしがらないもんね」。めったに褒められたことのなかった私はそれが嬉しく、以来姉の前ではことさら貧乏ぶりを強調して振る舞った。

中学三年の五月半ば、家庭訪問が行われた。母は、その際初めて模擬試験の結果を知らされた。担任は、トップクラスの高校の合格圏は100番以内であり、そこへの進学はとてもむりだと伝えたようだった。長男の私を先頭に四人の子を抱え生活に追われる元教員の母親にとって、それは絶望的な宣告に等しかった。担任の帰るのを待ち、残したお菓子にありつこうと、私が居間をのぞくと、戦争未亡人の母は父の位牌の前でうなだれ、肩をふるわせ泣いていた。

私はその日から遊びを一切止め、猛勉強を決意した。

山城が生徒会長へ立候補したことや、惨憺たる成績、母親の忍び泣きが同時点で起きたことが方向転換の起点となった。生徒会長となった彼のまわりには女生徒を含む取り巻きができて距離を感じた。これまで自分の家来のつもりでいた彼が、いきなり何倍も大きな存在となり、負い目を感じざるを得なかった。彼と対等な関係を保つには勉強するしかないという思いと、涙をこらえ肩を震わせる母の姿が目指す方向を一挙に変えた。

家庭訪問の翌日、母親が職場に向かった後、初めて机に向かった。といっても、勉強のやり方がわからず、隣の先輩から借りた参考書を棒読みした。勉強家が大事な箇所に赤線を引いていたことを思い出し、同じようにしようとしたが、どこが重要かわからず赤線だらけにした。急にひきこもったため、まわりの遊び仲間から不思議がられた。

試行錯誤を繰り返すうちに、遊びを通して読んだトム・ソーヤー、シャーロック・ホームズ、探検家リヴィングストン、プルターク英雄伝などの主人公が教科書の中にチラッと登場する度に勉強が身近になった。憧れの柔道家・姿三四郎と間違えて読んだ「三四郎」が文豪夏目漱石の作品であることも、その頃知った。

がむしゃらにやっている内に勉強のコツがわかり、遊びのエネルギーを勉強に振り向けることで成績がどんどん上がった。自分でも驚いたが、五月の三〇〇番台の総合席次が入試直前には五番にまで上がった。高校には一〇番で合格した。当時はみんながのんびりしていたから、そういう敗者復活戦が可能な時代であった。

成績が上がった要因のひとつに、山城の姉の影響があった。教育熱心な姉は、坊ちゃん育ちの弟に勉強が如何に大事であるかを常々伝え、ハッパをかけていた。しかしそのメッセージは彼を通り抜けて私に伝えられていた。単純な私は、それをまともに受け止め懸命に頑張った。言ってみれば、姉の教育的メッセージは山城を素通りして私にだけ伝わった。笛吹いて踊ったのは私の方であった。

高校時代、彼とはクラスは同じではなかったが、放課後私の家に立ち寄る形で交流は続いた。談笑中、いたずら好きな彼はちょっかいを出しては私を挑発し、悪ふざけの取っ組み合いになることが多かった。

この悪ふざけの取っ組み合いは、中学時代に始まり、高校時代を経てそれぞれ別々の人生を歩んだ三十代後半まで出会うたびに繰り返された。

三十一歳の夏、彼は大学派遣の研修生として東京で新婚生活を送っていた。当時北海道の大学病院にいた私が学会参加のため東京に出向いたとき、彼のアパートを訪ねた。新妻の不在のこともあってふざけ合いから取っ組み合いとなり、彼を袈裟《ケサ》固めで押さえ込んでいる最中に買い物かごを手に玄関先で立ちすくむ奥方に気づき、狼狽したこともあった。

取っ組み合いは別として、彼との力関係は高校時代には逆転し、彼が主導権を握った。学業の事、仲間のこと、人生論、進路・進学の問題など姉の影響もあって彼の発言力は絶大だった。

高校二年春、柔道部に所属していた私は彼から説教された。「受験勉強は二年生からやらないと間に合わない。君が医学部を目指すなら今のままではだめだ。部活と受験は両立しない。すぐ退部して受験勉強にとりかかるべきだ。僕もやるから……」という主旨だった。

私は、早速柔道部におもむき、全部員の前でしどろもどろの弁明をしてようやく退部を許された。帰るとすぐ、そこらの紙切れに殴り書きで受験計画表を作り、それを壁に虫ピンで貼り付け、すぐさま受験勉強に取りかかった。

　彼には、私の素早い決断と行動が不思議でならないようだった。彼が受験計画を立てる場合、特製の用紙に物差しで丁寧に線を引き半日かけて計画を練り、出来上がった豪華な計画表を壁に大きく貼り付けて心を正して机に向かうわけだが、たいていは三日坊主に終わった。

　彼が私の所に来る理由の一つは、無造作に計画表に作成し、それをそのまま実行する姿に惹かれ、刺激を受け、自分自身にハッパをかけるためではなかったか、と今になってみると、そんな気がする。結局、二人を結びつけていたのは、行動の対称性と幼児性への共感だったように思う。

　山城は早稲田大学法学部に進学し、私は名古屋大学医学部に進んだ。

二．もう一人の友　松田

　小児科医としての道を歩みながら、心身医療の看板を掲げて診療を始めたものの、心身症や不登校の患者の中にはカウンセリングや心理療法、薬物療法という従来の治療では対処出来ないケースに出くわすようになった。

　四十七歳の時、小児の心身医療をメインに自分らしい医療をやりたく開業を決意した。県立病院をやめ、おおぎみクリニックを開業するに際し、心身医療には漢方医学という第三の医学が必要ではないかと考えていた矢先、四歳下の薬剤師である松田進との出会いがあった。

松田は漢方医学に精通し、どういうケースや症状にどういう漢方薬が効くかについての薬学的知識を豊富に身につけていた。開院するおおぎみクリニックの調剤薬局を担当する条件として、クリニックの運営をサポートするかたわら、漢方医学の勉強に拍車をかけること、受診患者に対して一緒に漢方治療を行うことを条件におおぎみクリニックに隣接する調剤薬局の経営者として働いてもらうことになった。

開業準備に際し、松田の最初の出番は地鎮祭を取り仕切ることだった。予算の都合上、地価の安い高台の奥の傾斜地にクリニックを建てる決断をし、施工のメドがついた段階で、私は、サハラ砂漠の旅へと向かった。いったん開業すると、もはや冒険旅行は出来ないと考え、彼に地鎮祭を取り仕切るように頼み、三週間の旅に出た。

設計士は困惑し、妻はあきれ、母親は嘆いたが、私は出発した。

しかし、砂漠への旅は失敗に終わった。旧知の冒険旅行家千葉輝明氏とチュニジアで落ち合い、サハラ砂漠の旅に出かける予定だったが、乗り換えのために降りたパリのシャルル・ド・ゴール空港でパスポートと財布の入ったショルダーバッグを褐色肌の中年男に持ち逃げされてしまったからだ。乗り換え先のオルリー空港への移動口がわからず空港職員に尋ねたとき、フランス語でしか応答しないため右往左往し、やっと見つけた英語の案内カウンターに身を乗り出した瞬間、ショルダーバッグをあっという間に持ち去られてしまった。

砂漠の旅は、一転して銭なし旅行に変わった。重い荷物を引きずりパスポートの提示を求めない安宿を探してパリの街をうろついた。翌日から毎日のように徒歩で凱旋門を経由して日本大使館に通い、パスポートの再発行を待った。その途中、幾ばくかの手持ちの金を数えながらシャンゼリゼ通りにあるマクドナルド店で一日一食ビッグマックを口にしながら耐乏生活を送った。

三週間で三kg近く痩せて腹ぺこ旅行から帰ると、松田と設計士が首を長くして待っていた。

開業に際して、彼は職員の採用、業者との交渉、職場内のトラブル対応、経営相談など多面にわたって積極的に協力してくれた。職員採用に際しては、二人で面接をやり、採用通知や不採用というやっかいな役割もすべて受け持ってくれた。

心身症の患者や身体症状を呈する不登校のケースで心理療法や西洋薬の治療が行き詰まったとき、診察台に寝かせた患者を前にして松田と私は「あーだ、こーだ」と論議を交わしながら漢方治療の模索を続けた。

そういう経験を積み重ねるうちに漢方治療が奏効するようになった。その中には、西洋医学的治療や心理療法では対処できずに、漢方薬が奏効するケースも見られるようになった。

たとえば、こういうケースがあった。腹痛、頭痛、けだるさ、気分不良をくり返し登校できなくなった小学六年の女の子の母親から受診予約の電話があった。当時、母親は、離婚直後の混乱期にあり、家庭不和が不登校の原因と考え、受診してプライバシーをさらけ出すことへの戸惑いから、当院に向かう途中、よその医療機関に向かってしまった。

以来二年半、医療機関を転々としカウンセリングや薬物療法を受けたもののよくならず、中学二年になって改めておおぎみクリニックを受診した。

このケースの場合、強度の冷えに生理不順が関与した病態で、心因由来のものではなかった。漢方薬服用後症状は順調に改善し三週後には何とか登校出来るまでになった。母親は二年半もの間、時間を空費したことを悔やんでいた。

不登校や心身症を思わせる症例に漢方薬が奏効するケースを積み重ねるうちに、それらのケースを学会や論文等で次々と発表した。発表に際し、松田は共同発表者の体裁を取らずひたすら黒子役に徹した。沖縄で小児の心身医学や漢方医学の全国大会を開催することができたのも松田との共同作業の成果だと思っている。

開院から二十三年目の二〇一〇年三月、おおぎみクリニックを閉院するに際しても、その売却先を探し出し交渉してくれたのも松田であった。おおぎみクリニックは、開院から閉院まで文字通り、彼の献身的な支援と努力のもとにあった。

彼がなぜこれほどまでに献身的に支えてくれたのか、直接聞いてみると、「先生に惚れたんですよ」と軽くかわされた。人がよく、おうような松田だが、初っぱなから地鎮祭を任されたときはびっくりしたらしい。診察室で患者を前にして二人でどの漢方薬を使うかについて論議し合ったことは、薬剤師にとってはとても新鮮で勉強への大きな励みになったという。

もしかすると、松田の胸中に「この男、何とも危なっかしい。人通りのない高台の傾斜地にクリニックを建てたり、いきなり冒険の旅に出たりする。放っておいたら何をやらかすかわからない。サポートしてやらなければ共倒れの可能性だってある……」そういう思いが潜在意識としてあったのかもしれない。

私の行き当たりばったりの人生にまぐれ当たりの道筋をつけてくれたのは、二人の友との偶然の出会いがあったからだ。一歩間違えばまったく違った人生を歩んだかもしれない私にとって、人との出会いの不思議さを、思わずにはいられない。

山城は沖縄国際大学教授の職を長年勤め、二〇〇八年三月の定年を前に他界した（享年六十八歳）。松田との交流は今も続いている。

サイン読み取り法　―子どもの心を読む―

一．シャーロック・ホームズのなぞ解き

少年時代、江戸川乱歩の怪人二十面相シリーズに心酔した。二十面相と明智小五郎探偵の熾烈な戦いが展開される月刊誌「少年」（光文社）を毎号わくわくして読み、最終回での明智探偵による謎解きを楽しみにしていた。

明智探偵を補佐する少年探偵団の団長小林少年に憧れ、小型ナイフ、鉛筆と手帳、磁石などの七つ道具をポケットに入れ、悪童らと街に繰り出し、ドロボー探しをしてあちこちうろつき、逆に警察官から少年窃盗団と間違われたこともあった。

怪人二十面相、青銅の魔人、少年探偵団、透明怪人、怪奇四十面相とシリーズを読み続ける内に、謎解きや解明の仕方が非現実的で説得力に欠けることに気づき、中学生になると興味が半減し読まなくなった。

中学時代、名探偵シャーロック・ホームズに出くわした時の感動は新鮮だった。ホームズシリーズ「まだらの紐」という作品の中で相談に訪れた若い貴婦人とホーム

ズとの間に次のようなやりとりがある。

「……今朝汽車でお着きになったんですね？」

「では私をご存じでいらっしゃいますの？」

「いいえ、そうじゃありませんが、あなたの左の手袋《てぶくろ》の掌《てのひら》に、往復切符《おうふくきっぷ》の帰りの分が見えますから。駅までは小さい二輪馬車でいらしたけれど、遠いうえに道が悪いから、かなり早くお宅をお出になったのでしょうね？」

婦人は非常に驚いた様子で、不思議そうにホームズの顔をまじまじとながめた。

「いや、べつに不思議はないのです」とホームズはにこにこしながらいった。「あなたのジャケットの左袖に、撥ねた泥が七つ以上ついています。そういう箇所に泥が跳ね上がるのは、二輪馬車に乗って、馭者《ぎょしゃ》の左がわへ腰《こし》をおろしたときにかぎるのです」（引用1）

また、別の作品ではホームズの推理が冴える次のような場面がある。

「これはきっと、汽車の中で書いた字だよ。きちんとしている字は駅に止まっている間に書いた字、乱れている字は汽車が走っているとき、ひどくくずれている字はポイントを通り過ぎるときに書いたんだろう。科学的な専門家なら、都市近郊路線の車中で書いたものとすぐにでも断定するだろうね。大都市の近くでなければ、こんなにポイントのある路線はないから。仮に、乗ってから降りるまでずっと書き続けていたとすると、乗っていた列車は、ノーウッドからロンドン・ブリッジまで一回しか停車しない急行だったということになる」（引用2）

シャーロック・ホームズの作者コナン・ドイルは眼科医である。

コナン・ドイルは、エディンバラ大学の医学生時代、外科医のジョセフ・ベル教授の臨床講義を受けた際、その見事な推理力と観察眼に魅了され、後年、ベル教授をモデルにホームズシリーズを書き上げたともいわれる。

ベル教授と患者との間に次のようなやりとりの場面がある。


「ところで、あなたは陸軍にいたんだね？」「はい、先生」

「除隊して間がないのかな？」

「はい、先生」

「高地の連隊にいたかね？」「はい、先生」「下士官だったね？」「はい、先生」

「バルバドス島に駐屯にしていた？」「はい、先生」（引用3）

「どうして言い当てたのか」についてドイルら学生へのベル教授の説明。

「あの人は礼儀正しい人だが、帽子を脱がなかった。軍隊の習慣だよ。除隊になって間がないので習慣が抜けないのだ。それにどことなく威厳があるし、明らかに高地訛がある。バルバドス島に駐屯していたというのは、彼が象皮病を訴えていたからだ。この病気は英国にはなくて、西インド諸島の風土病だからね」

ドイルは大学卒業後、アフリカ航路の船医を勤めた後、眼科専門の診療所を開いた。しかし、患者は少なく、ひまに任せて小さな出版社へ次々と小説を書き送ったが、その都度返却され、しまいには切手代すら事欠く有様だったという。その後、ホームズシリーズの最初の作品『緋色の研究』を世に出し、次のホームズ作品「四つの署名」で一躍脚光を浴び、シャーロック・ホームズの作家としての地位と名声を確立したといわれる。

二、サインで読み取る子どもの心

中学時代にホームズに魅了された私だったが、再びシャーロック・ホームズに目が向いたのは、小児科医になって十年以上たってからである。

外来を訪れる子どもたちの訴えの背後にある生育歴や生活状況に着目し、頭痛や腹痛や不登校の背後にある要因に目を向けるようになった。

子どもは、自分の内面の葛藤や思いを言葉で表現できない分、しぐさや行動や症状という形で表現する。学術的には内面の葛藤やストレスが関与して身体症状を呈する場合を心身症というが、表現能力の乏しい子どもは、つらさやストレスを頭痛や腹痛などの形で表現する場合が多い。子どもたちが見せる様々な言動や症状を内面の葛藤ととらえ、それをサインとして読み取り、解決の糸口を見出す治療技法の模索を始めた。

言い換えると、子どもの訴えや症状を心の悲鳴ととらえ、本人を取り巻くさまざまな情報や親との関わり合いの中に心因を示唆するサインを見つけ、それを読み取る心理技法に取り組んだのである。サインの読み取りとは、かつて心酔したホームズの謎解きに該当するものではないか、と勝手に思いを広げ、子どもたちと向き合った。

私が試みたサイン読み取り法の実例を紹介する。

初夏のある日、お尻まわりを赤く腫らした七歳の女の子が母親と共に外来を訪れた。一見して虫刺されの痕である。パンツの部分以外はまったく虫に刺された形跡はない。家族にも虫に刺された人はいない。前夜の入浴前まで何ともなかったらしい。一週間前にもお尻のあたりを虫に刺されたことがあったという。赤く腫らした娘のおしりを見て父親は、「エッチな虫に刺されたネー」と首をかしげた。

家のまわりは木立が多く初夏になると小さな虫が増え、時々刺されることはあるという。

以上の状況から、犯人は木立の虫と推測できるが、どうしてパンツの部分だけ刺されたのかについてホームズ流に考えた。

謎解きのサインとなるべき手がかりは、パンツ部分に限局した虫刺され痕、木立、虫、入浴の四つのキーワードである。この場合、入浴＝浴室ととらえると読み違える。入浴＝パンツをはきかえる所ととらえ、入浴後に虫のついたパンツをはいた可能性に想像力が及べば刺された部位の謎が解ける。四つのキーワードを並べ替えて筋書きを考えると、次のような推測が成り立つ。

母親は洗濯した下着類を人目のつかないベランダの木陰に干した。初夏に大量発生した虫が木から転げ落ちて物干しの下着にくっついた。その子は入浴後に知らずにそのパンツに穿き替えたために虫に刺された。

こういう思考様式をサイン読み取り法と称することにした。

「子どもがわけもなくイライラし、落ち着かない」「急にお漏らしをし、幼児言葉を使い、親にベタベタ甘える」「目をパチパチさせ、奇妙な仕草をする」「登校をしぶり、やたら頭痛や腹痛を訴える」などの相談を受けると、サイン読み取り法で解決を試みた。

三．サイン読み取り法の実際

サイン読み取り法を用いたケースを他に三例紹介する。

傍線部分は解決のキーワードとなるサインの部分である。

◎ケース一

三週間前から、朝になると腹痛を訴える四歳になる男の子。今朝も腹痛を訴えて登園をしぶったため母親が連れてきた。

男の子は、母親に手を引かれて嬉しそうな顔で「ママと一緒……」とブツブツ言いながら診察室に入ってきた。

母親とのやりとり――。

「朝になるとお腹が痛くなるようですが、いつ頃からですか」

「二週間ほど前からです」

「かなり痛そうですか」

「いいえ、痛いという割にはケロッとしているところがあります」

「痛みは、寝不足と関係ありませんか」

「そういえば最近寝不足気味で、朝起きにくそうです」

「寝るのは遅いのですか」「はい、遅いです」

「どうしてでしょう」「母子三人で寝ても妹が寝るのを待って起き上がり、私と遊びたがります」「それで寝るのが遅くなるわけですか？」「そうです」

「妹さんの前でも甘えますか」「甘えません」

「妹はヤキモチ屋さんですか」「とてもヤキモチ焼きです」

「なるほど、妹の前ではけなげにお兄ちゃんとして振る舞っているんですね。ハライタで保育園を休み、妹だけ園に行くこともありますか」「あります」

「そんなときはどうですか」「とても嬉しそうです」

「ほかに気がついたことはないですか」

「最近、私のことを、お母さんではなくママ、ママと呼びます」

サイン読み取り法

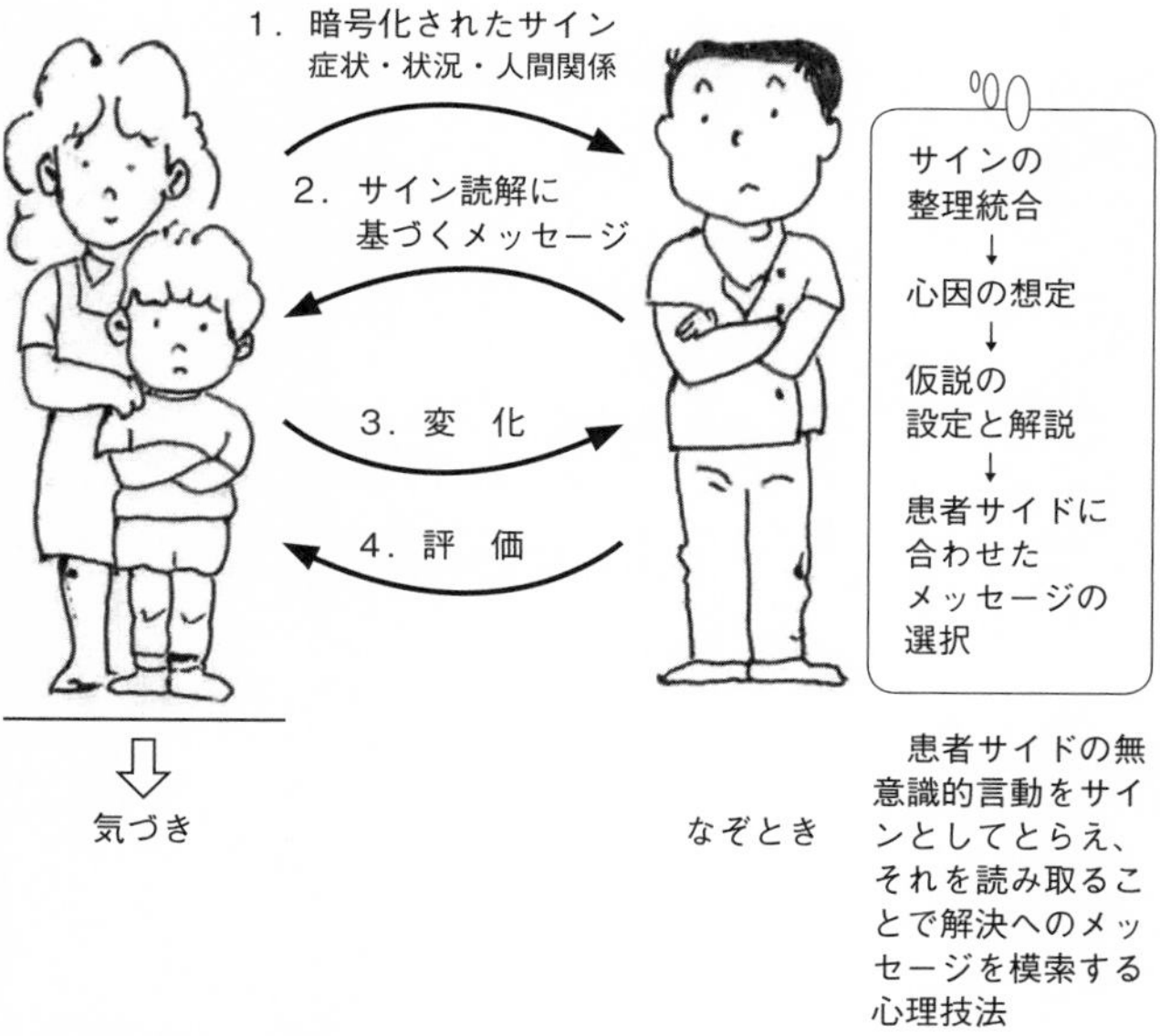

（図解サイン読み取り法　2006年５月７日）

〈母親への説明の概要（なぞ解き）〉

「この子はお母さんに甘えたいのにヤキモチ焼きの二歳の妹の手前我慢していたのです。そのさびしさを、夜遅くなって起きだし母親に甘えることでまぎらわしていた。その結果、寝不足が常態化し、朝むりやり起こされるうちに、睡眠・生活リズムの乱れが起こり便秘・腹痛などの症状が出てくるようになった。結果的に、園を休み母親と一緒にいられるのでハライタもまんざらではなくなった。

対策として次のような提案をした。

本人が甘えたそうであれば、妹のいない時におふざけモードで甘えさせる。妹の前では頼もしい兄として一人前に扱う。昼間思いきり遊ばせて疲れさせ、昼寝をさせ過ぎない。夜は母子三人、川の字で寝る。父親がいるときは妹を父親に世話してもらい、本人と母親との接触を増やす。

母親の話では、職場に新しい機器が入り、その習熟に忙しく帰りが遅くなっていたため、子どもたちと十分向き合う時間がなかったのだという。

◎ケース二

右手の手のひらを赤く腫らしてめそつく三歳の女の子。

母親と私とのやりとり――。

「お子さんの手の赤みはいつからですか」「十日くらい前からだと思います」
「ひどくなっているのですか」「ひどくなったりよくなったりします」
「朝と晩どちらがひどいのですか」「夕方にはひどくなる感じがします」
「夕方になると決まってひどくなりますか」「そういえば、この前の日曜日はよくなっていました」
「週末はよくなる感じですか」「そうかもしれません」
「最近お子さんに変わったところはありませんか」
「二週間前に保育園に入園したのですが、園に行くのをいやがります」
「どうしてでしょう」「園で好き嫌いを治すため厳しい食事指導が始まり、お椀に盛られた物は必ず食べるようしつけ教育がされています」
「お子さんはどうしていますか」「泣きじゃくりながら食べようとしますが、食べきれずいつまでも食べ物を手に握ったまま泣いているようです」
「お子さんは右利きですか」「そうです」

〈母親への説明（なぞ解き）〉

「お子さんは入園したばかりで緊張しているのに保育園で毎日のように食事を無理強いされていた。食べきれないおにぎりを右手ににぎったまま泣きじゃくっていたため、右手が接触皮膚炎を起こし赤く腫れてしまった。週末の休園日には手の赤みはよくなり週明けには再び悪化していた。

◎ケース三

一か月前からむせるような咳込みがとれない小学二年の女の子。他の医療機関でいろいろな検査を受けたり薬をもらっているがよくならない。

診察所見――華奢な体のおとなしげな女の子。のどのむずむず感を伴うカラ咳が主体で呼吸音も咽頭所見も正常。喘息や百日咳や感染症を疑わせる所見はない。

母とのやりとり――。

「咳はどういうときにひどいですか」「夕方からひどくなります」

「寝た後もひどいですか」「寝ると出ません」

「いつ頃から咳は出てきましたか」「先月、水泳教室に通った頃からだと思います」

「プールから帰った日には特にひどくなりますか」「そういう感じがします」

「水泳教室は本人の希望で行っているのですか」「ハイ、友達に誘われて行きたいと言っていました。父親が水泳教室のコーチをしていることもあって行かせています」

本児とのやりとり――。

「プール行くの好き?」「……」

「プールでこわい思いした?」「……（うなずく）」

「プールで泳いでいて溺れそうになり水飲みそうになって咳込んだの?」「……（うなずく）」

「その後から咳が出てくるようになったの?」「……（小さくうなずく）」

「プール行くの好き?」「……（首を振る）」

「どうしてだろう?」「……」

「水泳はきついの?」「……（うなずく）」

「本当は行きたくないの?」「（小さくうなずく）」

「本当は行きたくないけど、自分から行きたいと言ったし、お父さんがコーチをしているからやめたいと言えないの」「……（うなずく）」

再び母とのやりとり――。

「お子さんは、すなおでまじめなお子さんですか」「ハイ」「わがままは言いませんか」「めったに言いません。この子は友達に誘われ本人から水泳を希望したので行かせていました。何も言わないので私としてはそんなにイヤだとは思ってもいませんでした」

「お父さんは厳しいタイプですか」「子どもには厳しいところがあります」

再び本児へ――。

「プールでアップアップして水泳はやめたいと思ったけどそれが言えなくて変な咳が出てきた感じ?」「……（うなずく）」

「プールやめたい?」「ウン（はっきりうなずく）」

母親へ――。

「お母さん、プールやめたいようですが、やめてもらってもいいですか?」「ハイ」

「お父さんにもその事情伝えて頂けますか」「ハイ、そうします」

本児へ――。

「プールがこわくてやめたかったけどそれが言えず、あの時のこわい思いが頭から離れず、変なクセが出てきた感じ?」「……（涙ぐんでうなずく）」

「もう大丈夫、しばらく水泳教室止めようね。お父さんにそう伝えるからね。あの変な咳はなくなると思うよ、咳が出ても出なくてもいいから好きな事いっぱいして遊ぶといいよ」「……（涙ぐんだままうなずく）」

その後の経過――。

四日後、母親へ電話で確認。

「診察が終わって帰る頃から、咳は次第に出なくなり、今はまったく出ていません。水泳教室もやめました」

四．日常生活におけるサインの読み取り

子どもがおかれている状況や無意識的言動に焦点を当てて心の中を読み取ることをサイン読み取り法と称したが、これは別に、特殊で専門的な心理療法に限ったものではない。相手の無意識の言動やさまざまな情報を取り入れながら相手の心を読み取るという点では日常的に誰もが行っているコミュニケーションもサイン読み取り法と基本的には同じである。

たとえば、電話口で受け答える際、相手が「ハイ」と言っても、語調やトーンの違いでいろんな「ハイ」が存在する。トーンが高く声がうわずり「ハイッ」と歯切れのよい返答なら好意的、肯定的、前向きな応答であり、トーンの落ちた低めの声で「ハイ……」としぼむような気のない返事なら否定的・拒否的メッセージの可能性が高い。

人は言葉だけでなく、声の調子、目の動き、表情、態度など無意識的なメッセージを通して相手の意図を読み取っている。その読み取りがうまくできないと、KY（空気が読めない人）という。

米国のアルバート・メラビアンという心理学者によると、人のコミュニケーションにおいて言葉そのものが伝える内容はわずか7％で、声のトーンで38％、態度・表情などによるものが55％だと言われる。即ち人は、言っていることよりやっていることに焦点を合わせて本音を読み取っているのである（メラビアンの法則）。

長年連れ添った夫婦の間では互いに言い合わなくても阿吽《あうん》の呼吸で会話が成り立っている。これは長年の勘と経験で相手の行動が読み取れるからだ。コメディアンの綾小路きみまろが言うように「アレ、コレ、ソレでこと足りる」のである。時たま夫婦げんかが起こるのは、サインを読み違えて「言った、言わなかった」「聞いた、聞かなかった」などといった他愛ない行き違いが起こるからである。

日本は察しの文化だといわれる。言葉で明解に言い切らず、さりげない動作や表情で真意を表現する。感情をもろに出さず、相手を傷つけまいとする抑制の美学が根底にある。察しの文化とはまさしくサインの読み取りにウェイトをおいた文化だとも言えるのではないか。

相手を傷つけまいという思いが前提にあってイエス、ノーを明確にしないから欧米人からはノーと言えない日本人としてとやかく言われる。異文化が共存し、多国語が飛び交う欧米では黒白をはっきりさせ大げさなジェスチャーで表現しないと通じないのである。文化の背景が違う欧米人にとって日本人の心を読み取るのは至難なことかもしれない。

サインの読み取りは単にコミュニケーションにとどまらず生活全般にわたって行われている。

たとえば、空き巣のプロに狙われやすい家とは、郵便受けに郵便物がたまっている、雨なのに洗濯物が干されている、夕方になっても家が暗い、駐車場に車がないなどがそうだ。まさに空き巣は泥棒流のサイン読み取り法の実践者なのである。

先年、いじめを受け「自殺の練習」まで強いられて、自殺に追い込まれた中学生の悲劇が大きな社会問題となった。こういう痛ましい事件が起こるたびに、なぜいじめが発覚しなかったのか、なぜ死ぬほどつらいのに親に実情を訴えなかったのかという疑問が報じられる。

いじめを受けている当事者が、家では平静をよそおい、本音を明かさないのは、親や家族に心配や迷惑をかけたくないから本当のことを言わないのだという捉え方が世間一般では言われている。

私見だが、それは違うと思う。親に本音を明かさないのは、告白した際の親や大人の対処法への不安や不信感もあるかもしれないが、いじめの対象になっている自分の惨めな姿を、家族の前には晒したくないという思いが強いからだ。家族や身内だけには惨めな自分をさらけ出したくないというプライドが口を閉じさせていると思うのである。自我に目覚めた一個の人格としての尊厳と誇りは、思春期の子にとって死をもしのぐ存在たりうるのだ。

親や家族がいじめを発見するサインとしては以下のようなことがあげられる。表情が暗くなり、言葉数が減る。衣服に汚れや破れがある。よくけがをする。風呂に入りたがらない。裸になるのをいやがる（殴られた傷など見られたくない）。買い与えた物がなくなったり、壊されたり、落書きされたりしている。家庭から金品を持ち出したり、余分な金品を求めたりする。登校時刻になると身体の不調を訴え、登校をしぶる。転校を口にしたり、学校をやめたがったりする。不信や電話や嫌がらせのメールが増え、外出が増える……。

これらのサインは、口には出さなくても自分のつらさを察してほしいという子どもの無意識の願望の表出ともいえるのだ。

子どもの異変をみたとき、親に心配かけたくないという単純な理由だけで当事者の心情を推しはかるのではなく、心の奥底に耐えがたい屈辱感があることに思いを寄せて慎重に対処する必要があると思う。

人は、意識するか否かは別として様々なサインを読み取ることで日常生活を営んでいる。その目指すところは、本音や真実に迫ることである。一方、私が子どもたちに行ってきたサイン読み取り法という治療技法は真実に迫ることが目的ではない。何が真実であるかよりも親子間の関係修復に重きをおいている。誰が良く、誰が悪いかという善悪論ではなく親子間の思い違いや行き違いに焦点を当てて読み取りを行うのである。

治療技法としてのサイン読み取り法の、もう一つの特徴は、深刻モードの相談内容をユーモアモードに切り替えることにある。読み取りの後、親や保護者が気づきの涙をうっすらと浮かべたり、ほっとして安堵の笑顔を浮かべたとき、読み取りはうまくいっていることが多い。

私が行うサイン読み取り法のかなめとするところは、深刻モードを気づきとお笑いモードにリセットするところにある。

※本稿で発表した臨床ケースについてはプライバシーの観点から内容に若干の変更を加えた。

引用文献

・引用1：コナン・ドイル著、延原謙訳　まだらの紐　シャーロック・ホームズの冒険　新潮文庫　1953年　P319-320
・引用2：アーサー・コナン・ドイル著、日暮雅通訳　ノーウッドの建築業者　新訳シャーロック・ホームズ全集　シャーロック・ホームズの生還　光文社文庫　2006年　P62
・引用3：D・アーチャー著　工藤力・市村英次共訳　ボディ・ランゲージ解読法　誠信書房　1988年　P17

掘り起こされた厨子甕　—そこから見えた琉球歴史ロマン—

一．思いもよらぬ発見と父の人生

平成二十四年春、那覇市の都市計画の一環として真嘉比《まかび》小学校に隣接する造成地で墓跡の掘り起こしが行われた。その墓跡の中から茶褐色陶製の厨子甕《ずしがめ》が数基出てきた。墓の入り口に近い二基の厨子甕の蓋の裏には「三男大宜見里之子《さとぬし》（注1）の妻」と記されていた。つまり、三男・大宜見里之子の二人の妻の厨子甕なのであった。三男・大宜見里之子とは何者かを大宜見本家の家系図で調べて見ると、大宜見御殿《うどぅん》（注2）十代目大宜見朝昭なる人物が浮かび上がった。

奥の方にあった厨子甕の蓋裏には大宜見朝平の妻と朝平の次女の名前が記されていた。大宜見朝平は大宜見御殿本家筋の人物であり、その妻の厨子甕には「八代大宜見朝平室 安里按司加那志《あさとあじかなし》（注3・4）明治四十二年六月四日卒 大正十二年十一月二十三日御洗骨」と記されていた。この記述から厨子甕の人物は、十七代国王・尚灝王《しょうこうおう》の八女で琉球王朝最後の聞得大君《きこえおおきみ》安里翁主《おうしゅ》（十六代聞得大君［注5・6］）であることがわかった。

手前にあったもう一つの小さな厨子甕の蓋の裏には「次男大冝見朝明 大正八年七月二日洗骨　夭折一歳」と記されていた。その名はなんと戦死した私の父の兄に当たる人物の遺骨なのであった。

夭折した朝明や父の祖父に当たる人物は最後の琉球国王・尚泰王《しょうたいおう》にうすば大冝見（お側付き・秘書官）として使えた大冝見朝昭なる人物で、私の曾祖父に当たる人であった。

一八七九年、曾祖父のうすば大宜見朝昭は首里城を明け渡した尚泰王のお供をして上京、東京九段にある琉球屋敷で尚泰王のおそばつきの生活を始めた。晩年、尚泰王から頂いた家禄の一部は二人の息子に分け与えられた。その息子の一人が、私の祖父であった。祖父は、琉球王府廃絶の混乱の中で没落士族として生きる術を知らず、全財産を使い果たしてしまったらしい。

困窮する没落士族の家に生まれた私の父・大宜見朝昌は三歳の時に父親と死別、二十歳で母親の急死という苦境に追い込まれながら人力車のアルバイトをして首里の第一中学校を卒業した。学生時代、うすば大宜見の孫が人力車夫に転落した身を恥じたのか、崇元寺《そうげんじ》前の電車通りに座し、ほおかぶりして顔を隠して客待ちをしていたという。一中卒業後、沖縄県警に勤め、教員をしていた母と結婚した。

私が五歳の頃、仕事から帰った父に抱きつくと、私を抱き上げ肩車して部屋中を回っていた父のことを覚えている。やさしい父であった。

戦雲急を告げる昭和十九年七月、身重の母親は妹と弟を連れ、子守の女性を従えて疎開船で九州へ向かった。私と世話役の伯母は那覇市前島の留守宅に残り、父親と生活を共にした。何故私だけが沖縄に残ったのかについてはよく知らないが、警察にいた父は戦局の厳しさを知っており、万一の場合の危険の分散をはかったのかもしれない。

昭和十九年の十月十日の十十空襲は覚えている。那覇市前島の自宅で父、伯母ら三人で朝食をとっているとき、家の外でただならぬ叫び声が聞こえた。外に出ると、遙か上空で蚊のようにしか見えない飛行機が数機乱舞していた。まわりの人は不安げに空を見上げ「演習だ！」「いや、空襲だ！」などと叫んでいた。

その後、自宅の防空壕に近所の人達と一緒に入り、空襲を避けた記憶がある。その後の記憶は途切れるが、避難のため、防空頭巾をかぶらされ、頭からすっぽり丹前でくるまれ、誰かに背負われ泊の中之橋を渡る際、「人が倒れている！」「血だ、血だ！」という叫び声が聞こえた。その声に反応し、丹前を払いのけ、外をのぞこうとしたら、後ろから頭を丹前の中へ押し込まれた記憶が残っている。

十十空襲後、戦局が逼迫する中、父は私と伯母の疎開を真剣に考えた。当時極秘にされていた対馬丸の悲劇についても警部補の父は知っていたはずである。私自身、疎開船で行く事について「船で行くのはイヤ、魚に食われるからイヤ」と言った覚えがある。

父は、空手仲間で車夫時代からの無二の親友、海軍の宮城兵曹長に相談した。宮城兵曹長とは、後年の沖映社長である。空手の達人で沖縄戦末期、轟の壕で数百人の住民を救出した人物としても知られている。私は当時海軍のおじさんと呼んでいた。宮城氏の計らいで海軍機（零式輸送機・米国の輸送機ダグラスDC−3そっくりの双発輸送機）に便乗する機会を得た。

昭和十九年十一月初め、父は広大な小禄飛行場（現那覇空港）で私を抱きかかえ、ポツポツと散らばる軍用機を眺めながら搭乗を待った。いよいよ搭乗となり、伯母に手を引かれてタラップを上がるとき、父は尾翼の後方でしきりに手を振っていた。それが、私が見た父親の最後の姿だった。

機内に入ると、機体の両側に添えつけられたロングシートに、軍刀を抱えた高級将校十数人が向き合うように座っていた。機内の雰囲気に圧倒された伯母はコチコチに固まった。五歳になったばかりの私も神妙にかしこまっていたことを覚えている。機内にはシートベルトはついてなかった。もし、敵機に出合い、急旋回や急降下をやれば乗客らは宇宙遊泳必須となるはずだが、当時は知るよしもない。

揺れに酔いながら飛行機は福岡の雁ノ巣飛行場に無事着陸し、そこから母親の疎開先（宮崎）へ向かった。

沖縄戦が始まると、父は警察部長秘書室長として島田叡《あきら》沖縄県知事らと行動を共にして戦線を移動した。沖縄戦末期、特命を受けた父は、南部戦線で敵中突破をはかったものの、迫撃砲弾を浴びて倒れた。瀕死の父が残した最後の言葉は「（疎開中の）家族を頼む……」だった。享年三十四歳。

昭和二十四年六月十八日、父の五年目の命日、遺骨を移すため、九歳の私と母は宮城嗣吉氏の案内で埋葬地へ向かった。掘り起こされた遺骨が父であることを確認した母は、土にまみれた頭骨を抱いて号泣した。

四人の子を抱え戦争未亡人となった母は教員では食っていけず、宮城氏の沖映で事務職員として働くことで戦後の混乱期を乗り越えた。

父が倒れた場所は、三十数年後、私が小児科医として勤めた県立南部病院の敷地に隣接する場所にあった。後年、母から、父が私を医者にしたがっていたという話を耳にした時、何か因縁めいたものを感じた。

厨子甕が掘り出された一帯は、戦前八百坪の広大な敷地を有する大宜見御殿の分家の墓がいくつかあった場所で、琉球松が立ち並ぶ場所にあったことから「メーのマーチュウ（松林の近くにある御殿の墓の意）」と呼ばれていた。

戦時中、御殿の墓があった真嘉比の高台は、ハーフムーンと呼ばれる激戦地となった。昭和二十年五月中旬、日本軍司令部を首里から南部へ撤退させるため、日本軍守備隊は激しく抵抗し、連日米軍の猛攻撃にさらされた。その戦闘は凄まじく、米軍の死傷者が日本軍を上回る日もあったという。

戦後、この一帯が、原形をとどめないほど地形が変容したこと、土地登記簿等の書類が戦災で焼失したことなどから、所有者の特定が困難となった。そのため、この地を勝手に土地登記する者が現れ、その人たちが那覇市にその土地を売却したため、やがて無許可の墓が次々と作られてしまった。本家筋の大宜見朝恒氏（故人）や長男の大宜見斉氏らが当局に何度も足を運んで墓地の所有を主張したがらちがあかず、沖縄県公文書館から戦前の土地を写したマイクロフィルムを借用して墓地の所有権を主張したものの時効の壁にぶつかっていた。

そういう状況下で那覇市が公園整備事業の造成工事を開始したため、偶然墓が確定されたのである。この厨子甕の発見を契機に私のルーツ探しが始まった。

注1　里之子―琉球王国で士族の位階の一つ。
注2　御殿―琉球王族の邸宅、もしくはそこに住む王子や按司を指す尊称。
注3　按司―琉球王国の称号・位階の一つで王族のうち、王子に次ぐ称号。
注4　加那志―王族に対する尊称。
注5　聞得大君―琉球王国における最高位の神女。主に王族の女性が任命される。
注6　翁主―王女が嫁いだ後の称号。安里翁主は第十六代国王尚灝王の娘。

二、ルーツを追って　―大宜見家の元祖は新井白石と会っていた

大宜見御殿は三百年前の美里王子朝禎《ちょうてい》（尚紀《しょうき》）を元祖とする。掘り起こされた厨子甕にあった八代・大宜見朝平とは美里王子朝禎から八代目に当たる人物である。

美里王子朝禎（以下美里王子）は第二尚氏・十一代・国王尚貞の四男として生まれた。尚貞王の後を継いだのは、王の長男尚純の第一子、後年高嶺徳明によって兎唇手術を受けたことで知られる佐敷王子尚益《しょうえき》である。

一七一〇（宝永七）年、美里王子（当時二十八歳）は尚益王即位の翌年、徳川六代将軍の位についた徳川家宣襲位《しゅうい》に対する慶賀使の大命を受け、謝恩使の豊見城《とみぐすく》朝匡《ちょうきょう》王子と共に、総勢百六十八人をひきい江戸上りを果たし、徳川家宣や新井白石と

閲見した。新井白石との対談で通訳の任に当たったのが、後年、組踊の創始者として知られる玉城朝薫《たまぐすくちょうくん》（当時二十六歳）であった。当時の江戸上りの模様をしるしたカラー絵巻物「宝永七年十一月十八日　琉球中山王両使者登城行列」は公文書館に今も保管されている。当時は、赤穂浪士の討ち入り事件から九年目、江戸上りの三年前には大地震と共に富士山の大噴火（宝永大地震と宝永の大噴火一七〇七年）があり、江戸中が一時期火山灰で覆われたこともある混沌とした時代であった。五代将軍綱吉の生類憐れみの令が廃止され、華美贅沢の元禄時代から幕府財政立て直しをはかる時期で、儒学者の新井白石を政治顧問に据えていわゆる「宝永・正徳の治」と呼ばれる文治政治がとり行われていた。

一七一〇年、慶賀使・美里王子、謝恩使・豊見城朝匡王子による江戸上りが行われた後、四年後の一七一四（正徳四）年、徳川家継の襲位《しゅうい》と新国王・尚敬の即位に合わせて再び慶賀使・与那城《よなぐすく》王子と謝恩使・金武《きん》王子による江戸上りが行われた。

新井白石は四年の間を経て訪れた四人の王子らと会い、琉球王国のことを詳しく聞き出した。とりわけ、一七一四年の江戸上りに随伴した儒学者で詩人の程順則《ていじゅんそく》、再度随伴した玉城朝薫らと言葉を交わし薩摩藩から聞き取った情報や中国の文献等を参考にして、一七一九年に琉球王国の実状を伝える『南島志《なんとうし》』を著した。

白石は、使節団の話を参考に「使琉球録」、「隋書」、「琉球神道記」、「山海経」、「日本書紀」、「万国全図」、「延喜式」、「大明会典」、「大明一統志」、「南浦文集」など、多くの和漢の文献を駆使して琉球の政治・経済・社会・地理物産・文化・言語・習俗・宗教関係・生活様式等について事細かに記述した。

南島志の目録は、地理・世系・官職・宮室・冠服・礼刑・文芸・食貨・物産などの項目からなり、「琉球国全図」は薩摩藩山川・坊津から与那国・波照間までの全域が描かれ、大島、沖縄島、宮古島、八重山諸島の主要な島々の地図を描き、それぞれに村名、間切までが記されている。物産第十の項目では沖縄にいる畜獣として水牛、犬、猪、鹿の類をあげた上で「異色の猫を産する」としてイリオモテヤマネコを思わせる記述もある。

白石の琉球観の特徴は、源為朝を琉球王朝の始祖として認識していること、文献や聞き取りで琉球と日本との間に共通文化を見出そうとする意図が見られることだという。

これまで正式呼称であった「琉球」の代わりに「沖縄」と呼ばれるようになったのは南島志の影響だという説がある。白石が沖縄という呼称を初めて用いたわけではないが、南島志の影響の大きさがうかがえる。

三．天から落《う》てぃたる糸満小《いちまんぐわぁ》

一七一一年三月二十二日、江戸から帰った美里王子朝禎は休む間もなく、薩摩藩主・島津吉貴公の中将昇進の祝賀に参加するため、再び慶賀使として薩摩に赴くことになった。お供には才豊かな美少年糸満里之子が小姓として同行することになった。

江戸から帰って三か月後の七月二十五日、美里王子一行は那覇を出港して二日目、台風に巻き込まれ読谷沖で遭難し、二人とも帰らぬ人となった。美里王子二十九歳、糸満里之子十五歳の若さだった。

後日、漁に出た糸満漁夫が、岸壁に頭髪を絡まれて死んでいる糸満里之子の死があまりに美しく「天《てぃん》から落《う》てぃたる人」のようだとうわさした。そのうわさが王府まで広がり「天《てぃん》から落《う》てぃたる糸満小《いちまんぐわぁ》」という童謡がうたわれるようになった、という言い伝えがある。

天《てぃん》から落《う》てぃたる糸満小
幾人《いくたり》連れて落《う》てたがやー
三人《みったり》連れて落《う》てがやー

落てたる所や何処《まー》やがやー
波之上《なんみん》モーの突《ち》い立っちゅー

首里界隈に住む長老の話によると、「天から落てぃたる糸満小」は子どもの頃よく唄われていたという。糸満家は護佐丸《ごさまる》を祖とする名家で糸満里之子の祖父は沖縄芝居で頓知のきいた人物で知られる「モーイー親方《うぇーかた》」（注7）である。

糸満里之子は和歌、和漢の学に通じ、宮廷音楽にすぐれていたため、美里王子朝禎が慶賀使として江戸上りをした際、十五歳で小姓童子（楽童子）として参加し徳川家宣の前で、明曲、清曲、琉曲を奏した。その華麗な音曲は薩摩藩主・島津吉貴公の姫君をも魅了したといわれる。

一七一二年、美里王子が遭難死して一年後の夏、王位を継いだ尚益王が在位三年で三十五歳の若さで病没した。逝去の翌日、尚益王の訃報を薩摩に急報するべく使者として、かの玉城朝薫が選ばれた。朝薫はサバニを二隻くくりつけた飛船で三日をかけて薩摩に着き、訃報を伝えた。玉城朝薫は一七一〇年美里王子と初回の江戸上りを果たした九年後に組踊を創作上演し絢爛たる琉球文化のいしずえを作った。

注7　親方―琉球士族最高位の官人の尊称。戦国時代のお館《やかた》様の呼称に近い称号。

四．高嶺徳明による兎唇手術

前述したように、佐敷王子尚益は、尚貞王の長男尚純の第一子で王位継承者でありながら、兎唇（口唇裂）というハンディを背負っていた。

王子のハンディに悩んでいた首里王府は兎唇治療に長けた名医（黄会友《こうかいゆう》）が中国福州にいると聞き、通訳だった高嶺徳明に黄会友の元に行ってその術を学ぶよう命じた。

徳明の切なる懇願に対し、当初、黄会友はこの術は、家代々の秘伝であり、他人に教えることはできないと断った。徳明は、治療を施したいのは琉球王となられる方であるとして、幾度も願い出て黄会友からようやく伝授の了承を得た。

徳明は弟子となって熱心に医術を学び、手術の極意を学んだ。黄会友は「琉球の将来の王のためを思って教えたのであるからこの術は決して外伝してはならない」と幾度も念を押した上で徳明に秘伝書一巻を授けた。秘伝書は手術に不可欠な麻酔の調合法などを記したものだったといわれている。

失敗が許されない手術のため、王府は兎唇を持つ農家の子ら数名を集め、帰国した徳明に手術を命じ、その成功を確認した上で王子尚益への手術を決定した。

一六八九年十一月二十日、徳明は十一歳の王子尚益に麻酔をかけて手術を見事に成功させた。手術や麻酔の秘伝については黄会友から決して外伝しないようにと念を押されていたにもかかわらず、手術の成功を聞いた薩摩在番奉行から王府に強引な要請が行われ、徳明は在番奉行所付の藩医伊佐敷道興に秘法を伝授せざるを得なかったといわれる。

高嶺徳明の手術が注目されるゆえんは、全身麻酔による世界初の手術成功例といわれる花岡青洲の手術より百年以上も前に手術が行われた点にある。

秘法の伝授を受けた在番奉行所付の藩医・伊佐敷道興は、その後琉球を出て京都に上り一年三か月ほど医学を研鑽した。それからおよそ百年後、世界初の全身麻酔による施術者として知られる花岡青洲も紀州（和歌山）から京都に出て医学を学んでおり、その際黄会友の秘法が伝わった可能性は否定出来ないだろう。しかも青洲が秘法として明かさなかった麻酔薬・通仙散（麻沸湯）の成分にはマンダラゲ、リュウキュウツツジなどの成分があったといわれ、徳明の時代の中国で使われていた麻沸散と同じ薬味成分が入っていた可能性もある。

もし、そうなら高嶺徳明が花岡青洲に先んじること百十五年前に世界初の全身麻酔による手術成功例として史実に残る可能性があるが、現段階では花岡青洲と高嶺徳明の麻酔薬が共通であったという確証は得られてない。

五．琉球ルネサンスと呼ばれた王朝文化の興隆

美里王子が遭難死した一七一〇年の翌年、高嶺徳明から兎唇の手術を受けた尚益王は在位三年で病没し、その子尚敬が満十二歳で王位に就いた。

尚敬王の時代は、名宰相といわれた三司官・蔡温《さいおん》が少年王の尚敬を支えて政治改革を断行し、玉城朝薫が組踊を創作上演し、平敷屋《へしきや》朝敏《ちょうびん》らが和文学の興隆を促し、「中《ちゅう》山世譜《ざんせいふ》（改修蔡温本）」、「琉球国旧記」、「球陽《きゅうよう》」など首里王府の修史事業が進められるなど文化的興隆がめざましく、後年、琉球ルネサンスの時代と呼ばれる。

尚敬王即位に合わせて玉城朝薫らと共に江戸上りを果たした程順則《ていじゅんそく》（名護親方《うえかた》）は中国の道徳書「六諭衍義《りくゆえんぎ》」を琉球に紹介した人物として知られるが、程順則と新井白石の出会いが、やがて日本中の寺子屋で「六諭衍義」が道徳の教科書として普及するきっかけとなった意義は大きい。

一七二六年、尚敬王が北山巡幸の際、万座毛で村人が尚敬王に拝謁した際、情熱の女流歌人・恩納ナビがうたったといわれる歌がある。

波の声も止まれ 風の声も止まれ
首里天加那志《しゅりてんかなし》の御《み》うん気（ご機嫌）拝《うがま》ま （注8）

ナビには、

恩納岳あがた里が生まり島　森も押し退けてこがたなさな

（恩納岳の向こうに、恋しいあの人の里がある。森を押しのけて、その里をこちらへ引き寄せたいものだ）

という有名な恋の歌もあるが、ナビについて確定的な資料はない（伝説上の人物ともいわれる）が、当時の王の威光を思わせるエピソードである。

尚敬王の時代は、八・八・八・六音の琉歌がうたわれ、久米島紬《つむぎ》や宮古上布など上質の織物が生産され、鮮やかな朱色の表面に沈金や螺鈿《らでん》で文様をちりばめた琉球漆器や紅型染めなど多様な伝統工芸品などが次々と生み出されるなど、華麗な王朝文化が花開いた時代であった。

注8　首里天とは琉球国王の意で加那志は尊称。

六．何を失い何を得たか

一六〇九年以降の薩摩による琉球支配を「被害の歴史」「抑圧の歴史」「暗黒の歴史」と被害者意識の視点から琉球の歴史が語られる向きがあるが、薩摩支配から百年後の尚敬王の時代は琉球独自の文化が絢爛と咲き誇った時代でもあった。
今日に続く伝統文化、伝統産業の多くは薩摩支配下の琉球で生まれたものといわれる。

二〇二〇年東京オリンピックの競技種目となった空手。その発祥の地は沖縄である。琉球王国が薩摩の侵攻を受けた慶長の時代に在来の護身術ティー（手の意）と中国拳法とを融合させた武術が首里王府の士族らを中心にひそかに研究され、沖縄独自の空手が生まれたという。薩摩支配下にあって武具の所持を禁じられる中で、空手は必然性を持って誕生した。明治の後半、沖縄県内の小学校、中学校（旧制）の一部で空手が体育の正課として取り入れられたことで空手の普及に拍車がかかった。

大正期に入ると空手の先達が日本各地に出かけ、演武や指導を行い普及に努めた。一九二二（大正十一）年先達の一人船越義珍《ふなこしぎちん》らは講道館で嘉納治五郎らの前で空手の演武を披露した。同じ頃、もう一人の先達・本部朝基《もとぶちょうき》はたまたま遊びに出かけていた京都で、ボクシング対柔道の興行試合に飛び入りで参戦し、相手のロシア人ボクサーを一撃のもとに倒した。当時本部は五十二歳、この出来事で、彼の名は一躍天下に轟き、空手の知名度を一気に上げる役割を果たした。

昭和に入り、空手は大日本武徳会から晴れて日本武道として正式に認められたものの、あくまで「柔道・柔術」の一部門として見なされたため、称号審査も柔道家が行うという不完全なものであった。その結果、柔術的な技法は除外され、棒術やヌンチャクなどの武術も対象外となり、打撃技法中心の空手となった。棒術やヌンチャクなどの武術が除外されたことから沖縄本来の組み手が十分に伝承されないまま本土流の組み手が種々考案され、様々な流派が生まれ現在に至っている。

サトウキビによる黒糖生産、赤瓦屋根の家屋、仏壇・位牌、先祖をまつる亀甲墓《カメコウバカ》、祖先を祭る清明祭など今につながる沖縄の伝統行事や文化行事とされるものは、実はわずか三百年前の、薩摩支配下の尚敬王時代以降に定着したものといわれる。

黒糖生産の主な販路は徳川日本であり、幕末には黒糖で得た膨大な資金が薩摩に流れ、明治維新の原動力になったという指摘がある。琉球漆器や染織品（紬・上布・芭蕉布など）、泡盛なども琉球内で消費されるだけでなく、徳川日本という市場を前提として生産されたともいわれる。

野国総監や儀間眞常らによって中国から輸入栽培された甘藷（いわゆるサツマイモ）がやがて薩摩に移入栽培され、享保の大飢饉（一七三二年）を契機に全国的に栽培されるようになった。

甘藷の原産地は南米でスペイン人らによって東南アジアに伝えられ、十五世紀末中国に伝わった。一六〇四年、野国総監がその苗を琉球に持ち帰り、儀間眞常が栽培に成功させたのだという。

琉球料理に欠かせない昆布料理だが、昆布消費量全国一、二を争う昆布は沖縄では生産されない。遠く北海道から北前船《きたまえぶね》で沖縄に運ばれ、琉球料理に欠かせない食品となった。一説によれば薩摩商人が沖縄の砂糖と取引したせいだともいわれる。

尚敬王の時代は、今につながる伝統文化の基礎が出来上がった時代だった。薩摩藩の圧政で苦しんだことも事実だが、薩摩侵攻によって始まった江戸上りが日本文化の流入・交流を促進し、琉球文化の成熟発展に寄与した面も否定出来ないのである。二度の江戸上りを果たした玉城朝薫は、能や狂言や歌舞伎の要素を取り入れて琉球独自の創作劇「組踊」を完成させている。

薩摩の侵攻前、大阪堺市に伝わった三線《さんしん》（琉球三味線）は浄瑠璃の伴奏楽器として使われ、やがて三味線伴奏による「小唄」「浪曲」「女義太夫」などが唄われ、津軽三味線の誕生へとつながった。一方、琉球箏曲は侵攻後に薩摩から伝わり、三線や琉歌などと合流することで独自の琉球箏曲へと発展した。

ルーツ探しを始めるまでは薩摩侵攻によって琉球は薩摩から収奪され、苦渋辛酸をなめてきたという負のイメージを抱いていた。しかし、薩摩の圧政があったとはいえ、独自の文化を開花発展させた先人達のしたたかさ、しなやかさに驚嘆を禁じ得ない。

歴史は必然であり、被害や差別の視点のみから論じていては正当な歴史観は生まれない。何を失い、何を得たかについて全体的・総合的にとらえ直して初めて、今が見えるのではないか。

掘り起こされた厨子甕から始まった私のルーツ探しは、波乱に満ちた琉球歴史ロマンの一端を垣間見たことで思いがけない発見にたどり着いた。

遙かなる再会 ―「シルクロード爆走記」奇縁―

一九七四年三月、インドからドイツのハンブルクまで二万三〇〇〇㎞を、ヤマハの二五〇cc単気筒バイクで走った。その旅行記を一九七六年四月「シルクロード爆走記」というタイトルで朝日新聞社から出版することができた。本を契機に多くの若者が北海道美幌町にある勤務先の病院官舎に訪れるようになった。若者の多くはスイカを頬張りながら、旅でボロボロになった単車を見、一緒に記念写真を撮ると満足して帰って行った。

中にはここへ来る途中、単車をガードレールにぶつけて転倒、足の骨を折り、ギプスをつけたまま到着、そのまま三週間入院した若者もいた。靴修理の見習い工で単車による海外旅行に憧れ、親方の制止を振り切って相談に来た少年もいた。家族の反対を押し切って海外の旅に出ようとする学生の母親から「今、息子が単車であなたの所に向かっています。どうか、息子の旅を思いとどまらせてください」と涙ながらに訴えられ、返答に窮したこともあった。

「シルクロード爆走記」の本を通して知り得た、こうした人物の中に三十年以上の時を経て再会を果たせた人たちがいた。

一・カツ丼の御礼に参りました

二〇一二年一月二十八日朝、当時勤めていた勤務先のクリニック（宜野湾市にあった健康文化村クリニック）に老夫婦が訪れ、走り書きのメモを受付嬢に渡した。

――今を去ること三十五年前、「シルクロード爆走記」を読み、美幌町の住宅にバイクで押しかけた者です。腹ぺこで到着した際、笑顔で迎えてくれた奥さんからカツ丼をご馳走になりました。今日はその御礼に参りました――。

診察室にお招きすると、「昔、先生のお家でカツ丼をご馳走になった辻内と申します。息子の沖縄転勤を契機に沖縄にやって参りました。ネットで先生の名前を探してここへ来ました。玄関入り口に駐車するハーレーを見て『ここに間違いない』と確信致しました」と告げ、カツ丼の御礼にと言い、あんパンをうやうやしく差し出した。似顔絵入りの名刺には「――奥多摩クライミング委員会所属　辻内哲夫 たをり同人・ペンネーム木戸礼　怪しい絵描き・ダサいクライマー・いい加減な作家――」と印刷されている。

この方は確か、「とうとう、日本のエリート社会からも御身のごとき冒険者の出る世となりましたか。嬉しくなります。願わくば我らアウトローとの同志的連帯を！」という豪快な感想文を寄せてくれた人物だ。当時東村山市の消防署に勤める山好きの青年だった。

青年は美幌の我が家をバイクで訪ねた時、「スイスアルプスの三大北壁のひとつ、マッターホルンに何としても挑戦したい。しかし、職場から休みをもらえそうもないので仕事を辞めてでも行くつもり……」と語った。私は「やらないで後悔するよりやって後悔した方がましではないか……」と言う風に返事をした覚えがある。

当時は年休など取れる状況ではなく、夢をとるか現実に甘んじるかの二者択一の選択を迫られる時代であった。彼は仕事を辞め、マッターホルン北壁に挑戦し登頂に成功した。その際、マッターホルンふもとの町ツェルマットのテント村で妻となるべき日本女性との出会いがあった。

辻内さんは今も現役のクライマーとしてフリークライミング（ピッケルや、アイゼンなどの道具を使わず手足のみで岸壁をよじ登るクライミングの一つ）に挑んでいる。若いとき、公務員の職と引き替えに山を愛する妻と出会ったことが、六十七歳という老齢期を迎えてなお断崖絶壁に挑むことを可能にしているのではないか……。

辻内さんが極めたのはクライミングだけではない。山岳や自然を対象に瑞々しい水彩画を描く山岳画家であり山岳作家でもある。インターネットで「辻内哲夫画伯」を検索するとその絵を目にすることができる。

あんパンを手に三十五年ぶりに訪れた老クライマーは、今なお男のロマンを追い求める万年青年であった。

二．障害者のヒーロー

一九七八年五月、脊髄性小児麻痺（ポリオ）のため左足を引きずりながらバイクで北海道を周遊中の二十四歳の青年が美幌町の医官宿舎の我が家を訪れた。不自由な身を押して日本全土をバイクで走るけなげな青年であった。

二〇〇八年九月、診療中の私に彼から突然の電話が入った。「三十年前、北海道でバイク周遊中、先生のところに泊めてもらったポリオ麻痺の大野です。現在、北海道から九州までバイクで周遊していて、今、沖縄に着いたところです。先生にお会いしたいのですが……」。

早速、ハーレー仲間を呼び集め、歓迎会を開いた。

大野さんは人生をバイクと共に歩んでいた。

一九九一年、大野さん三十七歳の時、当時参議院議員であったアントニオ猪木氏が日中友好の一環として企画したバイクツアー「シルクロード ツーリング」に参加できたことが海外ツーリングへの起点となったという。

猪木氏企画の「シルクロード ツーリング」は天安門事件（一九八九年）の二年後に実施されたもので、日中友好ムードが高まる中で中国政府の積極的な協力のもとで催された。百名の定員に五千名のライダーが全国から殺到した人気の企画であった。新疆《しんきょう》ウイグル自治区のウルムチから嘉峪関《かよくかん》（万里の長城西の終点）までの一六〇〇㎞の砂漠を走るツーリングでちょうど開業四年目の私は多忙を極めていて、参加できず地団駄を踏んだ記憶がある。

マスコミでも大々的に報道されたツーリングツアーではあったが、テレビ放映直前、猪木氏の佐川急便事件との関与が疑われ、放映中止となったいきさつがある。

このツーリングを契機に、大野さんはオーストラリア、ヨーロッパ、アメリカ各地をバイクで走り回った。一九九九年四十五歳の時、奥さんを後ろに乗せてヨーロッパやモロッコをタンデムツーリングし、二〇〇二年四十八歳の時には息子二人をサイドカーに乗せてヨーロッパ各地を旅している。

私との再会を果たした一年半後の二〇一〇年五月、五十六歳になった大野さんは一二五ccの小さなバイクで単身極東ロシアを起点にユーラシア大陸を横断しポルトガルのロカ岬（ヨーロッパ最西端の地）までの二万六〇〇〇㎞の旅に挑んだ。麻痺のため、左足は腕ほどの細さしかなく、停止の際は健側《けんそく》の右足だけで車体を支えた。寒冷地では寒さで左足が動かずギアチェンジのペダル操作もままならないまま悪路の旅を続けた。

なぜ、そういうハードな旅に挑むのか、その原点について、大野さんは、ポリオによる左足麻痺というコンプレックスにあったと語る。一歳十か月でポリオに罹患し、左足の麻痺というハンディを背負った彼は、子どもの頃、歩く姿を人からよくからかわれた。悔しさと失意の中にあった彼に転機を与えたのは、養護学校時代に出会ったホンダの二輪車スーパーカブ号であった。ひとたびバイクにまたがれば健常人に引けをとらない自分に気づいた時、不自由な生活空間から一気に抜け出せる可能性を見出したのである。

老齢期を迎えた今、素足だと一〇〇m歩くだけで足が痛み動けなくなる状態にありながら、現在、「障害者とバイクの会」を立ち上げ、新たなる挑戦を模索している。

二年前、バイクで神戸市内を走行中、いきなり右折してきた高齢の女性の車にはね飛ばされ、麻痺側の左膝に粉砕骨折の損傷を受け、松葉杖暮らしとなった。何とかもう一度バイクに乗りたい一心から二〇一四年六月に四度目の手術に挑んだ。

六十歳を越えたばかりの大野氏は二〇一五年春をメドに三輪バイク（カンナム・スパイダー、前一輪・後二輪のバイク）で再度、ロシア大陸横断の計画を立てている。

沖縄での歓談の際に、大野さんは最後にこう語った。「バイクは僕の人生そのものでした。バイクが生きる勇気と希望を与えてくれたのです。もし、僕がポリオにかかってなければバイクなど不要で、多分平凡なサラリーマン生活を送っていたと思います……」。

三．冥土へ旅立った快男児

千葉輝明さんは私より六歳年下の冒険家だ。国外を転々と移動し、年に一、二回日本に戻ってはまた海外に出るという生活を繰り返していた。帰国したとき偶然、拙著「シルクロード爆走記」を目にしたことがきっかけで文通が始まった。

私のバイク旅行に先立つ六年前の一九六八年、千葉さんは二年間、単身オートバイでインドからヨーロッパ各地を回り、さらに北極圏のノールカップ岬まで駆け回る旅をしていた。武勇伝も桁違いでアフガニスタンでは十数匹の狼の群れに襲われ、ピストルと棍棒で応戦したり、トルコの貧しい村の重病人を前ににわか医師となり怪しげな素人療法をして感謝され、お礼に闘鶏用のニワトリをもらい、それをバイクの荷台にくくりつけて旅を続けたりしたという。

冒険家の植村直己氏（故人）とはスイスアルプスで言葉を交わしたと言い、最近亡くなったルパング島の小野田元少尉を発見し、連れ帰るきっかけをつくった鈴木紀夫青年とは冒険仲間だった。小野田さんを連れ帰った鈴木さんはその後ヒマラヤに籠もり、雪男捜しに挑戦していたという。彼が、故郷の母親から雪男より嫁さんを探せと盛んに言われているという裏話も聞いた。

千葉さんと文通を続けていた私は一九七八年、彼の友人である日本人青年画家K氏と三人でアルジェリアのサハラ砂漠を放浪する三週間の旅を計画した。

千葉さんは長年アルジェリアの日系企業でアルバイトをしたことがあること。当時のアルジェリアは独立して十年たったばかりで観光客を受け入れる開放政策をとってなかった分、逆に旅の面白さが満喫できるのでは、という思いから三人旅が始まった。

当時の首都アルジェの町のカスバに行って驚いたのはドロボウ市場と呼ばれる通りがあり、そこでは公然と盗品とおぼしき電気製品、時計類から着古しのシャツやバンド、ばら売りのタバコまで無数の商品が売られていたことだ。持ち物に気をつけてうねうねと続く狭い路地を歩いているといきなり後ろから私のTシャツを引っ張る奴がいる。振り向くと、若い男が、着ているTシャツを売ってくれないかというジェスチャーをした。「裸になるわけにはいかない」とジェスチャーで返して断った。

大衆食堂でマンガの場面を思わせるような出来事にも出くわした。食事を終えた向かいの客がマッチを置き忘れて出て行った。それを見た隣の男が親切心でそのマッチを手に大声を上げて追いかけた。すると、店の者がこの親切男を食い逃げと勘違いしてその後を追いかけたのだ。

砂漠の町ウルドーの気温五十五度の焼け付くような昼下がり、茶店で紅茶を飲んでいると、ボロをまとった乞食がやってきて、千葉さんの前に立ち、手を差し出し物をねだった。すると千葉さんはすっくと立ち上がり、その乞食の差し出してきた手の上に自分の手を重ね双方ににらめっこ状態になった。十何秒かのにらめっこの後、遂に乞食の方が根負けし手を引っ込め、いくばくかの小銭を彼の手の平へチャリンと乗せると立ち去っていった。千葉さんを自分よりもっと貧しい乞食と勘違いしたらしかった。

コンスタンチンの町で砂漠行きのバスに乗ろうと怒号と混乱の渦巻く切符売り場で、千葉さんのポケットから金を抜き取ろうとするスリがいた。それまでまわりの現地の人と軽口を叩いていた千葉さんだったが、いきなり身を翻し、まなじり上げてその男に飛びかかり、一撃を加えて突き飛ばし、なにやらアラブ語でまくし立て男の手から金を奪い取った。あっという間の出来事だった。まわりの男達は一瞬静まりかえり、啖呵を切る千葉さんの男っぷりに見とれていた。

この時の千葉さんの行動は衝動的なものではなく、アラブの男たちの気性を知った上での行動だった。そこでひるむと甘く見られることを知っていたからだ。

逆に砂漠の町ガルダイヤにある唯一公認のビアホールでは千葉さんは至極神妙にしていた。空き瓶がごろごろ転がる暗い屋内で顔を真っ赤にした砂漠の飲んだくれ達に、私がカメラを向けると彼がいきなりたしなめた。こういう場合、彼らがどう反応するか熟知していたからだ。

三週間の旅の間、私は一日おきに食中毒にやられ、下痢と嘔吐と絶食で体重が四kgも減ったが、二人は平然としており、熱砂の地を彼らの自慢の脚力についていくのがやっとだった。

旅の後も千葉さんとの手紙のやりとりは続き、たまに東京にもどるとK氏を交え、三人で会ったりした。

千葉さんとの痛快な旅が忘れられず、アルジェリアの旅から八年を経た一九八六年九月、県立南部病院を退職しておおぎみクリニックの開設工事中、千葉氏と再びサハラ砂漠への旅を思い立った。

アルジェリアの日系企業で現地人を使う現場監督をしている彼と連絡を取り、九月一日午後四時にチュニジアの首都チュニスの空港で落ち合う段取りをした。ところが中継先フランスのシャルル・ド・ゴール空港で、私がパスポートと財布の入ったショルダーバッグを持ち逃げされ再度のサハラ砂漠旅行は頓挫した。

おおぎみクリニック開設後、千葉さんはネパール、タイへと居所を変えたが、開業後はなかなか旅で出る余裕はなく手紙によるやりとりだけが続いた。

二〇〇一年十月（NY自爆テロがあった翌月でこの年の一月には私自身も脳梗塞で

二週間入院した)、タイの観光地として知られるパンガン島にいる千葉さんから衝撃的な手紙を受け取った。

　のどの奥に潰瘍ができ痛みで食事がとれなくなったため、バンコクの大学病院を受診したところ、上顎洞がんの診断名を告げられたというのである。治療を始める前に上下の奥歯六本を抜かれ、放射線治療と抗がん剤の治療を受け、点滴と薬物療法を続けたところみるみる痩せ細る我が身を顧みて、こんな日々を送るよりもパンガン島に戻って天寿を全うしたいという便りだった。

　島に帰った千葉さんは、そこのおばさんたちの手厚い世話を受けた。島の人たちは面倒見がよく、のどの潰瘍で固形物がとれないため、豆乳、おかゆなどを提供したり、民間療法のキノコ汁などを飲ませてくれた。お金は一切受け取らない善意の世話なのだという。何度かの手紙のやりとりの中で千葉さんは癌をあるがままに受け入れ、わがゆく末を最後までしかと見届けたいという覚悟の身の上を語った。

　二〇〇三年八月二日、千葉さんが亡くなる四日前に書いた最後の便りが届いた。その文面は乱れ、歪んでいた。


　サワディ！　暑中お見舞い申し上げます。まもなく夏の甲子園もはじまりますが、お変わりないことと思います。

私の方、七月中旬から食欲ゼロ、おかゆも三～四杯がやっとです。それ以上食べると吐き気、胃痛がひどくなります。七月二十六日から歩けなくなりました。昨年十月で諦めた命、今まで生きられた分だけでも十分満足です。これまで四度ほどお釈迦様のお迎えを受けましたが、その都度キャンセルして参りましたが今度こそは本物のようです。海を眺めながらお釈迦様のお迎えを待ってます。

これまでいろいろご心配、ご迷惑おかけしました。お心遣い感謝します。欲を言えば、もう一度お会いして一杯やりながら、アルジェリアの話でもしたかったが、欲を言ってもキリがありません。

タイの人たちは陽気で親切で最後まで面倒を見てくれるつもりのようなので有り難く思っています。

長い間本当にありがとうございました。

先生の方は私の分まで頑張って世の移ろいをじっくり見届けてください。

以上が、亡くなる四日前に気力を振り絞って書き送ってくれた最後の手紙であった。手紙を受け取る前日、岩手県の遺族（千葉さんの弟）から電話が入った。七月三十一日午前七時、多くのタイ人に看取られながら永眠したとの知らせだった。享年六十一歳。文字通り波瀾万丈、快男児らしい最後だった（合掌）。

四．心不全ベビー三十八年目の再会

私が診療所おおぎみクリニックを閉院し、西原町から那覇市首里へ引っ越したばかりの二〇一〇年四月末、北海道からおおぎみクリニック宛ての手紙が転送されてきた。封を開けると丁寧な文字で以下のような内容のことが書かれてあった。


初めましてこんにちは、突然のお手紙で失礼します。

見覚えのない名前の手紙で、さぞ、気味が悪いでしょうが読んで頂くことができたら大変嬉しいです。

実は、生後三か月の時、北海道の美幌国保病院で〝オオギミ〟先生に診て頂いた者です。（中略）

北見市の役場で偶然全国版のイエローページの電話帳を見つけ、沖縄版におおぎみクリニックという名前を見つけたため、もしやと思い、手紙を書いております。もし、人違いであれば、本当に申し訳ありません。この手紙を破り捨ててください。すみませんでした。

もしやと、思うことがあればそのまま読み進んでくださいませんか。

私は昭和四十七年四月三日生まれの三十八歳、石黒美江子と言います。出生時、心室中隔欠損症という重い心臓病を持っていたため北見の病院から心臓専門医のいる美幌町国保病院に急遽紹介され〝オオギミ〟先生に診てもらいました。〝オオギミ〟先生の熱心な勧めで旭川市立病院で二度にわたる心臓手術を受け助かりました。（中略）

貧しい農家のため手術を受ける余裕もなく、手術の成功の見込みも確実ではないという状況の中、父は病弱な私を諦め、手術に気乗りしなかったのですが、〝オオギミ〟先生が強い口調で父を何度も説得したおかげで今こうして生き延びることができました。

（中略）

母から〝オオギミ〟先生のことは小さい頃からよく耳にしており、先生がバイクが好きで美幌の町を走り回っていることをよく耳にしていたので私も先生に憧れバイクを乗り回しています。

大人になってから美幌国保病院を何度か訪れ、電話で「オオギミ」先生の所在を聞きましたが個人情報とかで教えてもらえませんでした。沖縄にお帰りになったことは知っていましたので北見の役所で偶然おおぎみクリニックの名前を見つけ、もしやと思い、勇気を出してお手紙を出した次第です。

読んでくださって本当にありがとうございました。いつまでもお元気でいてください。

その子は確かに記憶にあった。北海道大学小児科を辞し美幌国保病院に小児の心臓専門医として赴任してまもなく、診察した三か月のベビーだった。

体重の増えが悪く、呼吸は荒く陥没呼吸を示し、びっしょりと汗をかき、心雑音で胸部が波打つ重篤なベビーだった。心臓の壁に大きな穴があき、血液が肺へ大量に逆流するタイプの心室中隔欠損症でそのまま放置できない重症の先天性心疾患であった。時おり無呼吸発作（重篤な心不全を示唆するサイン）を起こしていた。

一九七二年当時は小児の心臓外科の創設期にあり、手術成績も芳しくなかった。五kg前後のベビーに対して考えられる手術は、まず、肺に向かって逆流する血液量を減らすために肺動脈を狭める緊急手術（肺動脈狭窄術）を行う。そうすることで心臓への負担を減らし、三、四年後に心臓の穴を塞ぐ根治手術を行う方法であった。

心臓外科を開設したばかりの旭川市立病院にすぐさま連絡をとり、緊急手術を要請しつつ緊急治療の必要性を父親に説明したのだが、極めてリスクの高い手術と聞いた父親は、見通しの持てない手術に消極的で、これ以上体に傷をつけて苦しめたくないという思いが強かった。母親はそばでオロオロして泣いていた。私は若かった勢いもあり、かなり強い口調で父親を説得し、ナースをつけ、酸素を用意して二〇〇km先にある旭川市へ搬送させた。

彼女は四か月と四歳の時の手術を乗り越えることができた。四歳の時に受けた二度目の根治手術で、隣室の子が術後亡くなるという厳しい状況下の手術だった。彼女の生還にはいくつかの偶然があった。私の就任が二、三か月遅れるか、旭川市立病院の心臓外科の開設が二、三か月遅れたら、発見が遅れ助かる見込みのない状況だったからだ。そういう偶然が彼女の幸運につながった。

それから三十八年、彼女はようやく私を探し当て手紙を送ってきてくれたのである。その後の何度かの文通をした。母からバイク好きの先生という話を小さい頃から何度も耳にしていたためか、幼少期は三輪車、学童期は自転車を乗り回し、十六歳で原付免許、十九歳でバイクの免許を取り、ひたすらバイクに熱中してきたという。

彼女の一番の願いは私とハーレーでツーリングすることであることを知り、二〇一三年九月に沖縄訪問が実現した。レンタルでハーレーを借りてハーレー仲間と一緒に伊計島を周遊することで、彼女の夢が実現した。

伊計島のマリンブルーの海岸線を、ハーレー仲間と隊列を組み、轟音を立て身震いしながらひた走るハーレーの躍動感に身を任せながら、人の世の縁の不思議さに思いがめぐるツーリングであった。

彼女は今、介護士として北国で頑張っている。

※当事者及び遺族の了解を得て実名を記載します。

いさぎよいのか、そうでないのか

―脳腫瘍摘出術の治療を受けて考えたこと―

一．青天の霹靂

二〇一四年十月、偶然、脳腫瘍が見つかり急遽手術を受けた。青天の霹靂のような事態に狼狽したものの、なぜか、落ち込んで仕事も手につかないということはなかった。入院直前まで、患者さんとも冗談を交わしながらいつも通りに診療を行った。

入院当日の朝も普段通りに早起きし、午前六時半にラジオ体操をやり、千六百回の縄跳びを済ませてから病院に向かった。そんなことから、まわりからはいつもと変わらず平然としているように受け取られた。

運命は運命、その時はその時だという思いはあったものの、未練を断ち、己が運命をいさぎよく受け入れ、淡々とした心境でその日を迎えたわけではない。

ただ、万一の場合に備えてそれなりの心の準備はした。一通り身のまわりを整え、締め切りの迫った原稿なども入院前に大急ぎで仕上げた。たとえ手術が成功しても、麻痺が残ったり、認知機能の低下をきたした場合に備えたためだ。

ではなぜ、平然としているように見えたのか、直面した現実にどう向き合ったのか、自分なりに考えてみた。

二．偶然見つかった脳腫瘍

入院一か月前の八月三十一日（日曜）、午後から漢方医学の学会があり、講演の座長の役を仰せつかっていた。その日の朝十時半、パソコンと向き合っていると、突如胃のあたりがムカムカし、気分が悪くなった。

やむなく安楽椅子に身を横たえ、テレビを見ながら回復を待った。しかし、一向によくなる気配がない。一時間以上たってもムカムカはよくならないので、学会担当者に連絡し、座長交代の要請をした。

午後三時になっても、ムカムカは変わらず、立ち上がることもできないので妻に促され救急車で市立病院の急病センターに搬送してもらった。そこでいろいろ検査を受けるも、異常は見つからず、病名不詳のまま点滴で症状の改善を待ち、深夜にようやく帰宅することができた。

翌朝、勤務先の病院で胃の内視鏡検査をやってもらった。軽度の逆流性食道炎の診断を受けたものの、それだけでは説明のつかない症状だった。内視鏡検査から帰ると、留守番電話に市立病院からのメッセージが入っていた。頭部のＣＴ写真に頭蓋骨の破壊像があり、脳腫瘍が疑われるからすぐ受診せよという内容だった。すぐさま市立病院脳神経外科でＣＴ、ＭＲＩ検査を受けたところ、頭蓋骨破壊を伴う脳腫瘍という診断を受けた。

主治医のＴ先生の話では、八月末の頑固な吐き気は脳腫瘍と直接は関係ないだろうと言われた。原因不明の吐き気のおかげで偶然、脳腫瘍が見つかったのである。

三．手術の経過

一か月後の九月三十日に入院し、翌日手術を受けた。手術は鶏卵大もある腫瘍を丸ごと摘出し、取り除かれた頭蓋骨の欠損部分をチタン合金で埋め合わせる形で行われ、終了までに六時間半を要した。腫瘍は頭蓋骨から派生し、進行性で浸潤・破壊・増大する髄膜腫という脳腫瘍だった。

長時間の手術の割に術後は順調で、術後一週後の十月八日には退院することができた。退院があまりに早過ぎて、見舞いに来たらもういなかったという話を何人かの知人から聞いた。

術後は順調に経過したものの、過覚醒による不眠と胃腸障害に悩まされた。

手術の影響で自律神経系のバランスが崩れ、強度の過覚醒状態となり、目が爛々として眠れなくなった。通常の睡眠薬では効かず、抗精神病薬と抗ヒスタミン薬の特殊な組み合わせでようやく眠れるようになった。しかし、退院一か月後、その薬によると思われる薬物性肝炎にかかってしまった。

もう一つのやっかいなことは胃腸機能障害だった。自律神経系の乱れにより、胃の出口部分に当たる幽門部が狭まる幽門痙攣という状態に陥り、食物をとるとキリキリ痛み、食事がとれなくなった。そのため、体重が七kgも減ってしまった。むかつき、胃痛、食欲不振は続き、西洋薬が一切効かなかった。さいわい、芍薬甘草湯《しゃくやくかんぞうとう》という筋肉痙攣に効く漢方薬が劇的に効き、窮地を脱することができた。

術後二週を過ぎて胃痛は徐々にやわらぎ、少しずつ食事がとれるようになり体調の回復がみられたことから、十月十八日、名古屋で開かれる名古屋大学医学部卒業五十周年の同期会に参加することができた。

十月末、主治医のT先生の診察を受けた。経過は順調とのことだった。診察の合間を縫って、妻がいきなり口を尖らせた。「先生からまだ早いと言われていたのに、ハーレーに乗ったんですよ。主人には本当に困っています。縄跳びもしていました……」。

主治医のT先生は首をちょっとかしげ「聞いてなかったことにしましょう……」と

苦笑いした。T先生の話では、頭蓋骨の欠損部分に重ね合わせたチタン合金がヘルメットの圧力でずれる可能性があるからだと戒められた。医者の身ながら恥じ入った。ハーレーは二週間以上放っておくとバッテリーが上がるので充電のつもりで乗ってしまったし、朝の縄跳びもつい、いつものくせでやってしまった。

術後一か月目の十一月一日、職場復帰を果たし、診療を開始した。急いだのは予約の患者さんをいつまでも先延ばしできない事情もあったからだ。

ただ、体調は万全でなく、食事摂取もままならず、十一月中旬には頑固な不眠に使われていた薬で薬物性肝炎を惹起したこともあって、今ひとつ疲労感からなかなか抜け出せなかった。十一月末、過覚醒由来の不眠に劇的効果を発揮する新薬が開発されたことを知り、それを服用したことで、ようやく体調の回復をみることができた。

四．いさぎよさの美学

以上の経過をたどりながらも、患者さんやまわりの人から術前と変わらず冗談を交わし、元気で快活そうに見えたらしく不思議がられた。

脳腫瘍の診断を受け、手術の話を聞いたときは、無論動揺し、不安もあった。同時に運命は受け入れるしかないという思いもあった。でもそれは、いさぎよさとは違うものだった。

学生時代、いさぎよさの美学に憧れたことはある。その延長線上に尾崎士郎の長編小説「人生劇場」（意気盛んな青年群像を描いた自伝的小説）があった。当時、人生劇場が再三映画化され、村田英雄による主題歌もよく歌われており、尾崎士郎という人物に惹かれたからだった。作品が長編過ぎたこと、人間関係が煩雑だったことから前半の風雲編までしか読み込めず、内容もあまり覚えてない。ただ、主人公である青成瓢吉の親友が薩摩弁で失恋の心情をうたうシーンだけは妙に印象に残った。

「我が胸の燃ゆる想いに比ぶれば煙は薄し桜島山」

この歌は幕末の志士が国を憂いて歌ったものと言われるが、小説ではいさぎよい青年の心情を吐露した歌のように思え、共感を覚えた。

その頃、いさぎよさを自ら演じたことがある。

医学部四年次の夏、学友と二人で長野県北部の町、飯山市にある日本赤十字病院に学生実習に行った。まだ、臨床実習をまともに受けてない身でありながら病院でいきなり「先生」と呼ばれ、面食らったものの、病院職員らとはキャンプや登山などを通して交流を深めることができた。その中で、薬局で働く十八歳の女性に惹かれた。

翌年の夏休みも同じ病院へ学生実習に行き、彼女と個別に話せるようになった。話の弾みで一緒に映画に行くことになった。生まれて初めてのデートだった。

映画は島崎藤村の作品「破戒」であった。奇しくも飯山市はこの作品の舞台となった場所であり、映画館自体が主人公の瀬川丑松が下宿した蓮花寺という寺の跡地に建てられものだった。

ちなみに、小説「破戒」の冒頭は「蓮花寺では広い庫裏《くり》の一部を仕切って、下宿するものを置いていた……」の一節から始まっている。

この小説は、被差別部落出身の小学校教師が差別から逃れるため、飯山の地に赴任するが、出生の秘密を絶対口外するなという父の戒めに苦しみながら、遂にはその戒めを破るまでを描いた作品である。主人公の丑松役は市川雷蔵、恋人のお志保役が映画初出演の藤村志保だった。映画の中で蓮花寺の画面が映し出される度に、映画館が蓮花寺の跡地であることを知る観衆からどよめきが起こった。

初デートで映画を見た彼女が藤村志保にそっくりな顔立ちに思えたため、運命的な出会いだと勝手に想像し、舞い上がってしまった。

その後、何度かの手紙のやりとりの後、意を決してプロポーズの手紙を送った。二か月もの長い沈黙の後、返事が来た。結果は否であった。もしやの不安が的中し凍りついたが、比較的冷静な自分が不思議だった。

手紙を受け取って三日目、これまでの礼を述べ、訣別の意を伝え、幸せを祈ると書き添え投函した。その晩、ノートに次のような歌を記した。

「いさぎよく　君に別れを告げて今　秋雨煙ぶる街をさまよう」

だが、いさぎよさの代償は大きかった。一週もたたないうちに食は細り、食べられなくなった。体重がどんどん落ちていった。学友も心配するほど元気がなくなった。失意のまま一年半がたち、卒業を前にインターン研修先を決めることになった。名古屋でのつらい日々を断ち切る思いもあって北海道に研修先を求めた。その頃、おのが心境とぴたりの歌が流行っていた。小林旭が歌う「北帰行」と村田英雄の「人生劇場」の一節だ。

北帰行

窓は夜露に濡れて
　都　すでに遠のく
北へ帰る旅人ひとり
　涙流れてやまず

今は黙して行《い》かん
　なにをまた語るべき
さらば祖国

愛しき人よ
明日はいずこの町か
明日はいずこの町か

人生劇場（二番）
あんな女に　未練はないが
なぜか涙が　流れてならぬ
男ごころは　男でなけりゃ
わかるものかと　あきらめた

傷心の中、北海道へ旅立つ直前、彼女から一年半ぶりに手紙が届いた。それは、捨て身のいさぎよさに応える内容だった。

五．なぜ元気そうに見えたのか

若いときのいさぎよさは未練を断ち切るやせ我慢のようなもので、その代償は一年半もの間、傷心を引きずるものとなった。

それから五十年、脳腫瘍の手術という覚悟と決断が問われる事態に直面した。

しかし、それは、いさぎよさを問われるものとは違っていた。生か死かという選択の決断ではなかったし、主治医への信頼もあった。腫瘍が良性で完全摘出の可能性もあった。先が見えない不安や動揺はあったものの、おどおどして不安で仕事が手につかないということはなかった。それが人からは平然としているように受け取られたかもしれない。

なぜ、平然としているように見えたのか、自分の心のありようについて自問自答してみた。そのいくつかの理由を挙げたい。

一．主治医に対し全幅の信頼があった……。

確かに信頼を寄せていたが、主治医自身、手術の危険性、合併症の危険性について縷々《るる》説明し、万全ではない旨について幾度も念を押されたので、それだけではなさそうだ。

二．いさぎよさの美学に憧れていた……。

一部に可能性はあるが、若いときのような悶々とした心の葛藤はなかった。

三．自分らしい人生をまっとうできたという納得感・自己肯定感があった。

全面否定はしないが、まだ、未練はあるし、やりたいことは多々ある。

四．不安な事態に直面したため反動形成的に気分が高揚したのか……。

　外では元気に振る舞うも、あとで我にかえり、悶々として落ち込むことはなかったし、相反する感情の葛藤もなかった。

五．比較的体力はあったのでもうダメだという実感が湧かず、気力が充実し、気合いが入っていたからなのか。

　それも一概に否定できない。しかし、それがすべてとは言い切れない。

六．もし、体力がなく体調悪く術後の経過が思わしくなければ落ち込んだのか、その可能性も否定できない。

　などなど、いろいろ理由を考えてみた。でも、今ひとつピンとこない。そのほかにも平然としていられそうな理由があった。それは、これまで何度もアホなことをして様々な危険や危機をくぐり抜けることができた経験から「今度も大丈夫ではないか」という根拠のない幻想にしがみついていたのではないか、ということだ。

　振り返ってみると、これまでくぐり抜けた危機一髪は、それなりの数に上るかもしれない。
・北海道帯広市での病院でインターン研修医時代、近くの温泉で行われた医局の歓迎会に参加した際、湯殿を走って石鹸に足をとられて転倒、湯船の縁に頭をしたたかに打ち意識混濁を来たし急遽入院となった。入院二日目、意識混濁状態から抜け出したら逆行性健忘症（注）という物忘れ病にかかっていた。「ここはどこなの？」「どうしてボクはここにいるの？」とナースにしきりに聞くので彼女らからおふざけととられた。故郷が沖縄であることは思い出せたものの、今、なぜ、自分が北海道にいるかがわからなかったからだ。三日間の入院で事なきを得たが、それから数日後、剣道の練習に行こうとしたら院長にきつく叱られた。「脳に損傷を受けた者が頭を叩き合うスポーツするのは早すぎる。頭部打撲を受けた人は五十歳過ぎると呆ける人が多いぞ、自重したまえ……」と言われた。半世紀以上も前の話である。

・北海道の北見のスキー場でハンググライダーに挑戦した時、ふわりと浮き上がったものの風に流され、高圧線にどんどん近づいていく。慌てて足をばたつかせるうちに失速し、エゾマツの木のてっぺんにひっかかり、北見の消防隊員に助けられた。

・単車でシルクロードの旅をしているとき、イランのエルブールズ山脈の酸素の薄い山岳地帯で、雪解け水で濡れる上り坂のトンネルに突入したら、大型トラックに前後をピタリと挟まれたまま、フルスロットルでヨロヨロと走り抜けた。ヘルメットに取り付けた防塵用のシールズが風塵で傷つきチラチラと乱反射し、路面は見づらく、エンストすれば一巻の終わりという緊迫した状況だった。

・同じく南部イランの豪雨でぬかるむ山岳地帯で急カーブを曲がりそこね、あわやというところで単車をわざと倒し、谷底への転落を免れた。

・同じくトルコの山岳地帯で銃をかかげた三人の男がいきなり山道に飛び出し、止まれ止まれの合図をするので、「突っ込むぞ」と言わんばかりの姿勢でバイクを高鳴りさせて逃げ切った。後ろからズドンとやられないか冷や汗をかいた。
・早朝のユーゴスラビアの国道を走っていると正面から猛スピードで迫る大型トラックがあった。あわやの直前、無意識に日本式に左側走行している自分に気づき、間一髪ハンドルを右に切って難を逃れた。
・フランスからジュネーブに向かう山岳地帯を登っている最中、緑のワゴン車に乗った五人の韓国人と称する男たちが、バイクの荷台に貼り付けた日の丸を見て、何度も追いついてきては一緒に来て泊まらないかと誘った。今になって考えると、あれは北朝鮮の拉致実行者達ではなかったか。あの頃は北朝鮮による拉致被害が頻発している時期だったからだ。横田めぐみさんが拉致されたのは三年後の一九七七年である。

　このようないくつかの危機一髪をくぐり抜けてこられたという単なる偶然を当てにして「今度も大丈夫ではないか」という思いがあったのではないか。その可能性も否定はできない……。

注　逆行性健忘症：脳に何らかの障害を受け、その出来事以前の事柄について、数分、数時間、数日もしくは数週間前にわたり想起できなくなる状態。

六．元気そうに見えたもう一つの理由

もう一つ、気づいたことがある。自分の中に、日常生活にメリハリをつける意味で、ある種の緊迫感や気合いを求める傾向があることだ。バイクが好きな理由の一つもその種の緊迫感を求めるせいかもしれない。

車を購入する場合、人は安全性、安定性、快適性を重視する。しかし、バイク乗りは違う。バイクの場合は快適性や安定性より、痛快性にウェイトをおく。風をもろに浴びて走る爽快感や痛快さに惹かれるのだ。バイクには身を守るフレームもなく、ぶつけられたらおしまい、倒れたら大けがするという危険性を常に自覚して走らないといけない。

とくに大型ハーレーの場合、車体は重く、スイッチ類やクラッチレバーはごっつく大きい。そのため倒れた際、四五〇kgの車体の重さに足がつぶされないよう鉄製の靴を履いて走っている。停車時には車体を二十度以上傾けると下肢では支えきれなくなる。

一方、ツーリング中は、カーブにさしかかると車体を斜めに倒し、遠心力と重力の微妙なバランスを保ちながら走らせねばならない。そういうリスキーな気分の中で、重い車体を身震いさせながら走る爽快感と自己高揚感がハーレーの魅力なのである。

このような挑発的な人生態度が、人からは元気そうにみえるのか……。それも否定はできない。

この種の挑発的なライフスタイルは自律神経のバランスと関係している可能性がある。手術の後、自律神経のバランスが崩れたことについて前述したが、自律神経系の働きには仕事や好きな事に熱中・集中するというヤル気モード（交感神経モード）と、ゆったりくつろぐリラックスモード（副交感神経モード）がある。通常、昼間は「ヤル気モード」が働き、夜間は、「リラックスモード」が働く。日常生活はこの両者の神経系のバランスの上に成り立っている。

ところが、気合いを入れるライフスタイルが長く続くと、やる気モードの交感神経優位の生活パターンに陥りやすい。そういうライフスタイルが元気そうに見せた可能性がある。

あるいは、交感神経モードのライフスタイルが長年続き、ムリが重なった結果、術後に生じたような過覚醒による不眠や機能性胃腸症や幽門痙攣を引き起こした可能性もある。

術前術後、なぜ平然としているように見えたのか、人生に対して緊張感を持ち、気合いを入れるライフスタイルが気分の高揚をもたらしたのか。また、その反動で、過覚醒や幽門痙攣・機能性胃腸症という病態を惹起したのか……。

いろいろ考えてみたものの、結局は、自分でもよくわからない。

真の答えは、いずれ不治の病にかかり、余命幾ばくもない状態に陥ったとき、どんな生き様を見せられるかにあるかもしれない。

我が身に起きた数々の体調異変の謎を追う

おおぎみクリニックの閉院と共に始まった七十代は、次々と起こる思いがけない病に悩まされた。相次ぐ病と向き合ってわかったことは、年を取ると、若いときには起こり得ない些細なことで発症に到ることだった。本編は体調異変の背後にあった意外な要因にまつわる謎解き問答である。

一．痛風発作とコカ・コーラ

七十歳の誕生月である九月（二〇〇九年）、スポーツクラブでランニングマシーンの上を無心で走っている時、突如右足に激痛が走った。見ると右側母趾の付け根の部分が赤く腫れ上がっている。痛風発作だ。

異変は二ヶ月前の人間ドックの結果にも現れていた。これまでは一一〇前後だった上の血圧がいきなり一三〇台にはね上がり、初めて高血圧症の診断を受けたからだ。当時の人間ドックでは痛風の目安となる尿酸値は検査項目に入っておらず健診医からも痛風の指摘は受けなかった。しかし結果論だが痛風（高尿酸血症）に由来する高血圧症であった。健診医から高血圧対策として減量と運動と食事療法の指示を受け、スポーツクラブで走りに専念した。ムキになって走り、びっしょり汗をかいたまま糖分ゼロのコーラをがぶ飲みすることを繰り返すうちに痛風発作を起こしたのだった。

群馬で整形外科医をしている弟に電話で相談すると、水分補給をせずムキになって走り、脱水状態のまま糖分ゼロのコーラを飲んでいたことから、ゼロとはいえゼロコーラは酸性度の強い飲み物だから逆効果ではなかったかと言われた。調べてみるとコカ・コーラの酸度はｐｈ２・２と極めて強く、コーラの大量飲用が尿を酸性化させ尿酸の排出を妨げたため痛風を発症せしめた可能性があった。

以後、減量に心がけ水分をこまめにとりながら運動することで血圧は安定し、痛風発作の再発もなくなった。コーラのがぶ飲みは、戦後幼少期にすり込まれたコカ・コーラ嗜好の癖に由来し、その癖が、痛風発作の引き金となった可能性がある。

痛風への無知とコーラのがぶ飲み癖が招いた生活習慣病だった。

二．突如起きた細菌性前立腺炎の意外な犯人

二〇一〇年三月おおぎみクリニック閉院後、宜野湾市にあった健康文化村クリニッ

クで勤務することになった。勤務して丁度一年目の六月一日、悪寒発熱と共に尿意を催すものの尿が出にくく、一晩に二十数回もトイレに向かうも尿の出ない状態が続いた。そんな状態で三日間の外来診療を何とかやりこなした六月三日土曜日の午後、泌尿器科の病院に駆け込んだ。診察の結果、細菌性前立腺炎と言われた。白血球一三七〇〇、CRP二一、PSA二二と高値を示し、敗血症一歩手前と言われ即入院となった。幸い、治療が奏功し、三日後には退院出来た。前立腺炎の予防対策として主治医から長時間座り続けて会陰部に負荷をかけないように注意された。前立腺炎が自転車愛好家に多いのは、狭くて小さなサドルに長時間またがり、会陰部に圧迫負荷をかけるせいからだろうと言いわれた。

突如起きた細菌性前立腺炎の発症の背景についていろいろ思いを巡らせている内にハッと気がついた。発症の二日前の五月三十日の夜、我が家の新築祝いを兼ねて高校の同期生仲間十名の訪問を受けた。急だったため人数分の座席が足りず、私は角張った木製の椅子の端っこに腰を下ろし、前傾姿勢のまま数時間歓談を重ねた。その二日後に細菌性前立腺炎が発症したのである。突如襲われた細菌性前立腺炎の犯人は腰掛けていた硬い椅子の角っこ部分ではなかったかと今でも思っている。

三.　いきなり起きた右手・右腕のしびれと痛み

二〇一五年六月十日、外来診療でパソコン操作中、突然右腕がしびれ、右手が痛み動かしづらくなった。前年の十月、髄膜腫という脳腫瘍の手術を終えたばかりだったため、まさか再発ではという不安がよぎったが、脳外科の主治医からは「心配ない」と言われた。

日が増すにつれて右腕・右肩のしびれと痛みが強くなり、力が入らないため愛車ハーレーによる通勤をあきらめ、車を片手運転しながらで職場へ向かった。職場の電子カルテも左手だけでの入力では困難を来したため、メディカルクラーク（医師のパソコン入力をサポートする医療事務作業補助者）の助けを借りて入力してもらい診療を続けた。診てもらった整形外科の医師からはパソコンの使いすぎによるテニス肘《ひじ》（上腕骨外側上顆炎）のようなものではないかと言われた。

直ちに原因対策を行った。頸部や上肢のストレッチを念入りに行う。パソコン操作に休憩時間を設ける。パソコンと椅子の位置を調整し、前屈みにならないようにし、右手の酷使を防ぐため、マウス操作を左手だけで行う、などなどである。その結果、八月末には痛み、しびれは改善し何とか自分でパソコンを使えるようになった。

高齢の身でなぜ指先を痛めるほどパソコンにはまるかについてはわけがある。私は発見や驚き、感動した事柄は何でもパソコンに入力記録する収集癖がある。それ故に、日々いろんなことの入力に追われている。九〇％近くは永遠に使われることもないゴミになると分かっていながら。

でも、ごくたまにはそれが有効に使われることがある。たとえば、本書に著した「金属バット息子殺人事件―もう一つの真実―」が書けたのは、一九九八年一月号の文藝春秋に載った吉岡忍氏の記事に興味をそそられ、それをパソコンにスキャンしてあったからである。

そんなわけで、ごくたまに、資料が有効に生かされることがあるから、収集癖が止められないでいる。

四．三週間も続いた頑固な咳の正体

二〇一九年十二月一日の朝、のどの痛みとカラ咳があり、かぜの前触れかと思い、常備の漢方薬で対処した。ところがのどのヒリヒリ感と咳込がみひどくなるばかりで咳による胸痛まで出てくるようになった。しかし、発熱はなく、けだるさもさほどでないので診療業務を続け、開会中の学会にも参加し、忘年会にも参加した。

普通、かぜをひいても十日以内にはよくなるはずなのになぜかヒリヒリするのどの痛みとカラ咳だけは、いろいろ薬を変えてよくならない。体重も二キロ近く減った。激しい咳込みが続く三週目の十二月二十二日、咳の特性に気づいた。咳は明け方や起きがけに多い、ともかく午前中に多い。昼寝の後にも咳込む。のど痛とカラ咳が主体で発熱はなくけだるさもさほどでない。寝起きに多い咳……これはもしや、胃液が気道に逆流する逆流性食道炎ではないのか？　胸焼けやゲップはないものの、早食いの癖はある……。仰向けに寝ていると胃液が逆流し気道に入り激しい咳込みを引き起こしているのではないか……。

その夜、ベッドの枕元の下に座布団や書籍を挟み込み、上体を高くし胃液の逆流を防ぐ姿勢をとって寝たところ、その夜から咳がピタリと止んだ。三日後、頭部が高くできる電動ベッドを購入したことで激しい咳込みからようやく解放された。長引く咳の対策は寝るとき上半身を高くして寝ることだった。

この、恨めしい逆流性食道炎なのだが、この病態に関して、前述した脳腫瘍の発見につながるエピソードがある。二〇一四年八月三十一日、いつものようにパソコンと向き合っていると、突如胃のあたりがムカムカし気分が悪くなった。やむなくソファーに寝そべりテレビを見ながら回復を待ったが、いっこうによくなる気配がない。数時間たってもムカつきはよくならず、立ち上がることもできないので妻にせかされ初めて救急車を依頼、那覇市立病院の急病センターに搬送させてもらった。急病センターでいろいろ検査を受けても原因がつかめず夕方まで点滴を続け、とりあえず帰宅となった。翌朝、勤務先の病院で胃の内視鏡検査を受けた。軽度の逆流性食道炎という診断だった。

今になって思い返すと原因は、ストレス性の機能性胃腸症に逆流性食道症の合併ではなかったか……。数時間もの間、横になって安静にしている間、逆に胃液が逆流し症状を長引かせたかもしれない。当時、腰痛もあり腰痛ベルトで腹まわりを強くしめていたことも、胃を上部に圧迫していた可能性がある。原因不明のムカつきが長く続いたため市立病院で念のためとった脳のＣＴ検査が、脳腫瘍発見につながった。

逆流性食道炎の発症が脳腫瘍発見のきっかけとなったのである。

五．変形性膝関節症の初期症状を一気に癒やした魔法の森

二〇一〇年五月、おおぎみクリニックを閉院した後、那覇市首里の末吉の森の西側辺縁部に居を構えた。新居の三階にベランダを設け、そこで毎朝縄跳びを始めた。朝六時半、テレビのラジオ体操にあわせ、書斎の雨戸を開けてベランダに出る。そこから部屋の奥のテレビの録画を見ながら、眼下に広がる那覇の町並みをバックに跳ぶの

である。

当初は百回前後ほどで足元がふらつき足首の痛みが出たものの、慣れるにつれて回数を二百回、三百回へと増やし、千二百回レベルにまでアップすることができた。二〇一四年に脳腫瘍の手術を受けた時も、退院して数日しか経ってないのにうっかり縄跳びをやり、主治医の先生からお叱りを受けた。縄跳びが習慣化し、やらないと氣がすまなくなっていたからだった。

縄跳びを始めて九年目の二〇一九年一月、突然隣家の奥方から遠慮がちに苦情が妻に伝えられた。「不眠症なため、明け方の縄跳びの際のテレビの音響がうるさく困っています。せめて七時以降にやって頂けませんか」という内容だった。閉院時のストレスで突発性難聴になっていたため、知らぬ間に大音響になっていたのだった。極めつきは奥方から「どんな番組をご覧になっているか知っておりますのよ」と言われ二の句も継げなかった。

ベランダでの縄跳びを諦め、三階の書斎の雨戸・ガラス戸を閉め切ったまま、縄跳びをやることにした。室内での縄跳びを始めて半年後の六月、縄跳びのたびに、両足の親指の付け根部分に痛みが走るようになった。以前痛風発作で痛めた部分だ。縄跳びを千二百回から九百回に回数を減らしても両足親指の付け根の痛みと発赤は続いたため、痛風の再発を疑い尿酸のチェックをしたものの異常なかった。それで縄跳びの回数を六百回にまで減らした。発症から三週間目の六月後半になるとあぐらの姿勢をとると、右膝の内側にも鈍い痛みを感じるようになった。七月初め、整形外科を受診し相談した。膝のCT等の精査を受け、初期の変形性膝関節症と言われ、ショックを受けた。足腰には自信があっただけに変形性膝関節症という指摘は想定外だった。長年スポーツクラブに通っていたし、縄跳びも九年も続けているのに「なぜ？　どうして？」という気持ちだった。

主治医からは縄跳び自体は悪いことではないとも言われた。下肢の筋肉を鍛えるためにも運動は必要と言われた。縄跳びを三百回～六百回に調節しつつ、通い慣れたスポーツジムで下肢の筋力アップをめざし、トレーニング項目を増やして頑張った。

十一月後半、両足の親指の付け根の腫れや痛みを引き起こした原因についてハッと気づいた。室内で素足のまま縄跳びしていたからだ。隣家からのクレームの後、半年以上もの間、室内での縄跳びをズックを履かずに跳んでいたため、痛風で痛んでいた足先に負荷がかかったのだ。その結果、膝関節にも負荷がかかり膝関節症を引き起こした……と考えた。以後、ズックを履いて縄跳びを行い、スポーツクラブで筋力アップに努めたが、親指の付け根の腫れや痛みが止まず、二〇二〇年二月七日以降自宅での縄跳びを止めざるを得なかった。

二〇二〇年四月九日、新型コロナウイルス感染症が猛威を振るう中、政府がコロナ対策の緊急事態法を発出した日の翌日、以前から妻に勧められていた末吉公園での散歩に同伴した。末吉の森は我が家の目と鼻の先にある。

中に入ると、亜熱帯の樹木が生い茂り、熱い日差しを遮って、ひんやりして涼しい。メインの遊歩道は、がれきと赤土が混在する路面と大小不揃いの石畳の路面が入り交じる、起伏に富んだ片道一・五キロの道のりだ。枝分かれする脇道がそこかしこにあり、生い茂る樹木をかき分けるように入ると岩場の多い急坂の登り下りがいくつもあって、山歩きの気分を存分に楽しめた。大雨の直後でも水はけがよく、泥んこ状態にならず、大雨の直後でも路面はふだんと変わらないので散歩を続けることが出来た。やみつきになって公園散歩を続けて数日後、両側の親指の付け根の痛みや、右膝の痛みがよくなっていることに気づいた。散歩の日を重ねるにつれて痛みはどんどん和らいでいった。思いがけない変化だった。遊歩道の散歩をはじめて一ヶ月後の五月半ば、痛みがまったくなくなった。それを契機におそるおそる縄跳びを始めたが痛みはない。

なぜ、よくなったのか不思議だが、妻が面白いことを言った。「足裏つぼマッサージが効いたのじゃないの」。公園は起伏に富み路面もデコボコだらけで登り下りが多いので足裏が様々な刺激を受けていることは実感できた。スポーツクラブでは下肢の筋力アップを目標に集中的にトレーニングをやり、下肢の筋肉もそれなりについたものの肝心な足先の腫れや痛み、右膝の内側の違和感の改善にはつながらなかった。

考えてみると、スポーツクラブでのマシーンによる運動というものは、平板なベルトの上を機械的に走るだけのワンパターンの反復運動なのだ。一方、末吉の遊歩道は段差に富み石ころだらけで起伏が多く一様でない。そういう変化に富んだ路面が足底に様々な刺激を与え、下肢の筋肉も多様な刺激を受けて活性化しているのではないか。妻の言う「足裏つぼマッサージ説」はまんざら否定できないと思った。

コロナ自粛の中で始まった末吉公園での妻との散歩は夫婦の会話を増やすきっかけともなった。散歩を始めて半年、もはや下肢の痛みはない。朝の縄跳びも順調だ。

末吉の森は私にとって魔法の森のような存在だ。そんな気持ちで今も散歩は続いている。

あとがき

二〇一〇年、沖縄エッセイストクラブへの入会を契機に書き綴ったエッセイを中心に一冊の本にまとめることができた。

一九七六年「シルクロード爆走記」を朝日新聞から出版、ほぼ十年後の一九八五年に「こどもたちのカルテ」をメディサイエンス社から出版させて以来、三度目の出版である。

一九八七年のおおぎみクリニックの開業を契機に日常の診療業務に追われエッセイは時折書くにとどまっていた。

クリニックを閉院して再び書き始めたエッセイの内容は多岐にわたり、診療に関するもの、子どもの心にかかわるもの、思い出に残るエピソード、若い時の愚行や暴走などなどいろいろである。とりわけ今とり組んでいる発達障害の子どもらとの交流を通して得られた発見や感動をエッセイとして書き留めた。

つい先日も、受診した場面緘黙の小学生女児は、学校ではほとんどしゃべれないのに私の前では普通にしゃべれることから、彼女は母親に「大人になったらお医者さんになってここの病院でオオギミ先生と一緒に働く」と言っていたという。病院では普通にしゃべれるのが嬉しくて、「この場所は自分が普通にしゃべれる魔法の空間だ！」と思い込んでいるらしかった。母親からその話を聞いた時、苦笑いしたものの何だかほろっとさせられた。「学校に行きづらい自分は人とは違う、何かがおかしい」と感じはじめているに違いないからだ……。

冒頭に出た小児科外来点描で「大きくなったら何になりたい？」に登場した子どもたちはもう二十～三十代の働き盛りの世代になっているだろう。

小児科医としての私の楽しみは、未来を託せる子どもたちと生の交流を味わえることにある。

この作品は子どもたちとのふれあいを描いたものが多いが、同時にそれは、子どもの部分からいまだ抜け出せない自分史であるとも思っている。

読んで頂いた読者の皆様に感謝します。

初出一覧

※一部、改題、本文の加筆・修正を行っています。

第一章　小児科外来点描

つっぱりたちの庭　【ばらんす（予防健康出版社）2月号　1996年】
ランドセル　【日本小児科医会報　第44号　2012年10月】
漢方薬で治る不登校の子がいる　【ばらんす（予防健康出版社）8月号　1995年】
おおぎみクリニックの二十三年　――ABCものがたり――　【エッセイストクラブ37　2020年】

第二章　ター坊物語

三歳児の心の儀式　【がじまん　2019・7・20】
ター坊のフラッシュバック　【がじまん　2017・10・10】
五歳児　ター坊の決断　【がじまん　2019・9・10】

第三章　迷走と模索の自分史
五歳児の抗弁　【がじまん　２０１８・12・５】
初めてのお使い　【がじまん　２０１４・４・20】
「タマが出たらどうする！」――戦後混乱期の悪童時代――　【ばらんす（予防健康出版社）９月号　１９９５年】
同期の桜　【談笑　22号　２０１８・７・18】
名古屋の六年　――名古屋大学医学部学生時代――　【卒後50周年記念誌より抜粋】
無給医時代　【がじまん　２０２０年8月20日】
「飛び込んだら許してくれますか」――若き日の短慮暴発　【談笑　20号　２０１６・8・吉日】
思い出の中の、私の寅さん　【談笑　23号　２０１９・７・26】
のるかそるか　【がじまん　２０１７・１・５】
機上の怒号　【がじまん　２０１８・８・20】
〝赤ひげ先生〟【かじまん　２０２１・５・10】

第四章　発達障害臨床録
発達障害の子どもたち　一――それぞれが見せた驚きの克服エピソード――　【エッ

第五章　ショートエッセイ

カウボーイの国のオートバイ　【２００６年沖縄県医師会会報 7月号】

新聞に見る当世ユーモア話　【ばらんす（予防健康出版社）11月号 １９９５年】

第六章　テーマエッセイ

行き当たりばったりの道　【エッセイストクラブ 27 ２０１０年】

まぐれ当たりの道 ――二人の友との出会い―― 【エッセイストクラブ 29 ２０１２年】

サイン読み取り法 ――子どもの心を読む―― 【エッセイストクラブ 30 ２０１３年】

掘り起こされた厨子甕 ――そこから見えた琉球歴史ロマン―― 【エッセイストクラブ 31 ２０１４年】

遙かなる再会 ――「シルクロード爆走記」奇縁 【エッセイストクラブ 32 ２０１５年】

いさぎよいのか、そうでないのか ――脳腫瘍摘出術の治療を受けて考えたこと―― 【エッセイストクラブ 33 ２０１６年】

我が身に起きた数々の体調異変の謎を追う 【エッセイストクラブ 38 ２０２１年】

※本書は2020年3月に小社から刊行された単行本を文庫化したものです
※本書では「障害」を医学用語としてとらえ、漢字表記としています。

JASRAC 出 2101994—101
カバーイラスト　喜友名朝矢

〈著者紹介〉

大宜見義夫(おおぎみ よしお)

1939年 9 月 沖縄県那覇市で生まれる
1964年 名古屋大学医学部卒業
北海道大学医学部大学院に進み小児科学を専攻
1987年 県立南部病院勤務を経ておおぎみクリニックを開設
2010年 おおぎみクリニックを閉院
現在 医療法人八重瀬会 同仁病院にて非常勤勤務

医学博士
日本小児科学会専門医　日本心身医学会認定 小児診療「小児科」専門医
日本東洋医学会専門医　日本小児心身医学会認定医
子どものこころ専門医
沖縄エッセイストクラブ会員

著書：
「シルクロード爆走記」(朝日新聞社、1976年。第 6 回大宅壮一ノンフィクション賞候補作品)
「こどもたちのカルテ」(メディサイエンス社、1985年。同年沖縄タイムス出版文化賞受賞)
「耳ぶくろ '83年版ベスト・エッセイ集」(日本エッセイスト・クラブ編、文藝春秋、1983年「野次馬人門」収載)

爆走《ばくそう》小児科医《しょうにかい》の人生雑記帳《じんせいざっきちょう》

2021年6月2日　第1刷発行

著　者　　大宜見義夫
発行人　　久保田貴幸

発行元　　株式会社 幻冬舎メディアコンサルティング
〒151-0051　東京都渋谷区千駄ヶ谷4-9-7
電話　03-5411-6440(編集)

発売元　　株式会社 幻冬舎
〒151-0051　東京都渋谷区千駄ヶ谷4-9-7
電話　03-5411-6222(営業)

印刷・製本　シナジーコミュニケーションズ株式会社

装　丁　　江草英貴

検印廃止

ISBN 978-4-344-93384-2　C0095
幻冬舎メディアコンサルティングHP
http://www.gentosha-mc.com/